黄金のひとふれ

中庭みかな

幻冬舎ルチル文庫

CONTENTS ✦目次✦

黄金のひとふれ

✦カバーデザイン＝久保宏夏（omochi design）
✦ブックデザイン＝まるか工房

イラスト・テクノサマタ✦

黄金のひとふれ

柏山千晶《かしやまちあき》の指先は、傷だらけだ。

「チアキさあ、もうこれで何回目？　いい加減にしないと、そろそろ給料から引かれるよ」

「すみません」

テーブルを片づけていて、皿を落として割ってしまった。何回目、と先輩のアルバイトから呆《あき》れた声で言われたとおり、はじめてのことではなかった。だから、いつも気をつけてはいるのだが。

「そこ、後始末しといて。俺ら、先に上がってるから」

「え。あ、はい」

その先輩が去ってしまうと、フロアには、もう千晶ひとりしか残らなかった。閉店業務は、その日フロアに出たアルバイトが手分けして行う。厨房《ちゅうぼう》以外の掃除や後片づけを、それぞれ分担してやることになっている。

（……いいけど。べつに……）

身をかがめて、割れた皿の破片を拾い集める。これは千晶の不注意の結果だから、責任を持ってきれいにしなければならない。けれどまだ、フロア全体の清掃も終わっていないはずだ。基本的に、アルバイトは三人ずつ入ることになっている。今日、千晶と同じシフトの二人は、掃除がまだなのに、すでにロッカールームに引き上げてしまった。

千晶はこの店では、いちばんの下っ端《ぱ》だ。まだアルバイトをはじめて、ひと月もたっていない。新入りの扱いなんて、どこでもこんなものだろう。

厨房の方から聞こえてくる物音に、ぼんやりしている場合ではないと気を取り直す。皿を下げなければ、厨房の作業も終わらない。早くここを片づけて、それから、床のモップがけをしなければ。頭の中で、次にしなければならないことを考えていたから、少し、注意が散漫になってしまった。

「……っ、て」

指先に、ちくりと小さく痛みが走る。ぼんやりしていて、皿の破片で手を切ってしまった。

（またやってしまった）

左手の、人差し指だった。指の腹に斜めについた切り傷に、赤い血が滲《にじ》んでいく。見ている間に、じわじわとそこから血が流れはじめる。割れた皿の残骸が散らばる床に座り込んだまま、千晶はただ、放心したようにそれを眺めていた。

「……チアキ！　チアキ、バイト全員集合だって。ぼさっとしてんなよ」

投げつけられた声に、ふと我にかえる。先ほどフロアを去っていった先輩が、苛立《いらだ》った表情でこちらを見ていた。

「集合？」

「ミーティングだって。とにかく早く来いって、店長が」

「でもまだ、ここが」

片づけが終わっていない。そう言おうとした千晶の言葉に、先輩が小さく、舌打ちしたのが聞こえる。その様子を見て、余計なことを言ったのだ、と気付いた。

　すみません、と頭を下げて立ち上がる。指先で膨らんでいた血の滴《しずく》が、つ、と皮膚《ひふ》を伝う。零《こぼ》して落とさないよう、手を上向けて、もう一方の手のひらで手首を摑《つか》んだ。アルバイトの制服として与えられているシャツは白く、少しの汚れでも目立ってしまう。

　先輩のあとに続いて、ロッカールームに続いている事務所に駆け込む。遅い、とでも言いたげに、店長が腕を組んで千晶を見た。バイト三人が横に並べるほど広い事務所ではないので、千晶は彼らの後ろに並ぶ。

　割れた皿で傷つけた指先が、じんじんと疼《うず》くように痛む。店内をあたためていた暖房は、閉店と同時に電源を落とされていた。いまの季節を思い出させるように、一気に空気が冷えていく。千晶をはじめ、アルバイトは揃《そろ》って、白いシャツと、黒いスラックスの腰《こし》に同色のエプロンを重ねている。その格好で立ちつくすには、事務所は少し寒かった。大学生だといっていた他の二人も、もう帰れると思っていたところを呼び止められて、不満に思っている様子だった。店長も、いつにもまして不機嫌な顔をしている。

　ぴりぴりとした居心地の悪い空気に、千晶は息が詰まりそうだった。機嫌の悪い人が近くにいると、たとえ自分が悪いことをしたわけでなくても、肩に力が入って、胸が苦しくなる。

「オーナーが来る。失礼のないように」

わけも知らせずに呼び止めたのを、不満に思われていることに気付いたのだろう。店長のその言葉に、千晶の前に立っている先輩バイトの二人が顔を見合わせた。へえ、と、二人とも、意外そうな顔をしていた。

まだここで働きはじめて日の浅い千晶は、オーナーと呼ばれる人の存在自体が初耳だった。気を張りつめているらしいあの様子から見ると、どうやら、店長よりも立場が上になる人なのだろう。すでに数多くの失敗を繰り返している千晶も、にわかに緊張してしまう。だらだらと血を流す指先を、反対の手でぎゅっと、痛いくらい強く握り締めた。

「……お疲れさまです！　お忙しいところ、わざわざ来ていただいて申し訳ありません」

事務所の扉が開いて、そこからあらわれた人に、店長が駆け寄る。千晶たちに向けていたのとは別人のような、接客用の明るい声だった。

先輩二人の肩の合間から、千晶はその人の姿を覗《のぞ》き見る。店長の不自然なまでに丁寧な声に、ただ一度頷《うなず》くように、ああ、と応じるだけの声は低い。ふいに千晶は、外はずいぶん寒いのだろう、と、そんなことを思った。いましがた室内にあらわれた人が、そんな冷えた空気を連れてきたようにさえ感じたのだ。黒い、仕立てのよさそうなロングコートを纏《まと》ったその人は、まるでもっとずっと遠い、寒い国から来た気がした。

「神野《じんの》オーナーだ。柏山くんは、はじめてお会いするだろう。ご挨拶を」

黙ったままのアルバイトたちに、店長が指示する。それに、おつかれさまです、と声を合わせて頭を下げる。千晶も指を押さえたまま、ぎこちなく頭を下げた。

顔を上げた瞬間、その人と、目が合った。

（……わ、すごい）

年は、三十を越えるか越えないか、という程度に見えた。思っていたよりもずっと若い男だった。

その場にいる誰よりも背が高い。平均身長にすら届かない千晶では、見上げなければならないほどだ。整いすぎていて冷たそうな顔立ちには、どこか陰と険がある。黒いロングコートも相まって、まるで殺し屋のようだった。眼差《まなざ》しも、静かで冷ややかだ。ただ黙って立っているだけでも、その佇《たたず》まいに目を引き寄せられてしまう。

（すごい、なんか）

まるで、古い映画の登場人物そのものだ。千晶はよく、深夜、同居人が寝静まった夜に古い外国の映画を見る。内容は頭に入ってこないので、ただぼんやりと白黒の画面を眺めるだけだ。

神野、という名のその人の雰囲気は、画面越しに千晶が眺めている人々にとてもよく似ていた。長身で、立ち姿が堂々としていて、独特の雰囲気がある。

——まるで、日本人じゃないみたいだ。

心の中では、確かにそう呟《つぶや》いたはずだったのに。

「人間じゃないみたいだ」

口から出た言葉は、激しく間違っていた。

ちょうど店長の挨拶が終わった直後だったせいで、千晶の声は思いのほか、はっきりと響いてしまった。

しん、とその場に静寂が落ちる。冷え切っていた空気が、なおいっそう寒さを増す。

（や……やってしまった）

千晶の背を、冷や汗が伝う。

うっかり思い浮かべたことを口に出してしまったならまだしも、かなり失礼な言い間違いをしてしまった。千晶には、こういうことがよくあった。考えていることと、声に出すことがちぐはぐになってしまうのだ。接客中にも、よく「お召《め》し上がりください」と言うべきところを「ご覧ください」と間違えてしまい、お客さんに苦笑される。

「柏山くん！」

オーナーに笑みを向けていた店長が、顔を強張らせて声を上げる。

千晶は血の流れる指先を押さえたまま、自分の失言に硬直していた。千晶の視線の先に、この神野という若いオーナーがいることは、誰にでも分かっただろう。誰のことを、人間ではないようだと言ってしまったのかも、また。

「すみません、オーナー。最近入ったばかりのアルバイトなんですが、常識がなくて……」

ぺこぺこと頭を下げながら、店長は、先輩たちの陰に立っていた千晶に前に出るように促す。どうしよう、と思うことで頭がいっぱいで、千晶は身動きもできなかった。先輩二人が、焦《じ》れたようにそんな千晶の肩を押し出す。はじき出されるように、千晶は店長と、それからオーナーの前に立たされた。

「柏山くん、お詫《わ》びして」

突き刺さりそうなほど険しい声で、店長が言う。まったくその通りだと思ったものの、心の中で慌てるだけで、千晶は言葉が出せなかった。自分がしてしまったことが、とんでもなく失礼なことだと分かっているからこそ、身体が竦《すく》んでしまって、声にならなかった。

「もうほんと、食器は割るし、オーダーは間違えるし、レジの打ちミスは多いし……」

黙り込んだままの千晶を責めるように、店長は次から次へと、千晶がいつもどんな失敗をして、店に迷惑をかけているかを口早に語っていた。

言われていることはごくごく基本的なことばかりで、そんな簡単なはずのことさえ満足にできない。それを、さらしもののように皆の前で言われて、千晶は耳が熱くなるのを感じた。ほんとうのことで、叱《しか》られても仕方がないことだ。それでも、この、堂々としたいかにも仕事ができそうな神野という男の前で言いつのられることで、ひどく居心地の悪い思いでいっぱいになる。

「頭ひとつ下げられないのか」

普段は大人《おとな》しい印象のこの人は、いったん感情を爆発させると、気持ちがおさまるまで激しく怒鳴り続ける。いまはオーナーの手前、声を荒らげたい気持ちを抑えているのだろう。先輩のアルバイトたちは、すっかりそれに慣れているらしく、何か叱られることがあっても、またか、と肩をすくめて上手《じょうず》にやり過ごしている。千晶には、そんな器用な真似《まね》はできなかった。うつむいて、大人しく、殴《なぐ》りつけられるような乱暴な言葉をじっと受け止めているしかなかった。

「す……」

すみません、と、口にしようとした。けれど、切った指先からあふれ出る血と、だらだらと流れて止まらない冷や汗で、身体中《からだじゅう》の水分が奪われたのか、口の中が乾ききっていて、喉《のど》が張りつく。声も上手に出せずに、千晶はどうにか、顔を上げた。

神野という男は、何も言わずに、千晶を見ていた。

（あ……）

それまで千晶は、店長が怒るとおり、ただ、ひととして常識のない、失礼なことをしてしまったとしか思っていなかった。

（俺、この人を傷つけたのかもしれない……）

神野の顔を見て、千晶は何故《なぜ》か、直感のようにそう思った。

千晶に目を向けるその表情は、限りなく無表情で、感情のかけらひとつ見つけられそうになかった。端整すぎる顔は、どこか作りものめいていて、やけに体温が低そうだ。男らしい、彫りの深い顔立ちの中、暗い色をした目が、静かに千晶を見ている。そこには、どんな気持ちも浮かんでいないように思えた。

理由はない。ただ、わけもなく、その人が寂しげに見えた。

どこかここではない、草ひとつ生えない一面の荒野にひとりで佇むような、どこまでも伸びる長い影をぽつんとたずさえた、そんな姿を見た気がした。

「人間でないなら」

ぶしつけにじっと見つめる千晶の視線を、神野は少しも怯《ひる》まず受け止める。目と目を合わせているのに、どんな感情も通わない気がした。

その静かな、凪《な》いだ目のまま、ふいに神野が口を開く。

「人間でないなら、何だ？」

容貌《ようぼう》に似合った、低い声だった。

オーナーである神野が、直《じか》に千晶に話しかけたからだろう。千晶への日頃の不満を零していた店長も、静かになっていた。その場にいる者たちの目が、不安げに千晶に向けられているのを感じた。

その視線が、不思議と、少しも気にならなかった。

「……っ、ろ」

切れた指を押さえながら、千晶はこちらを見下ろす神野の顔をまっすぐに見つめた。ひりつくような傷の痛みは、指ではなく、胸の奥で感じた。寂しい、と、そう思った。

「……ロボット」

答えたのは、ほとんど無意識のうちだった。

千晶自身にとっても、どこから出た言葉なのか分からなかった。日本人じゃない、を、人間じゃないと言ってしまったのは、単純にいつもの言い間違いだ。けれど、何故、ロボットという単語が出てきたのかは分からなかった。

は、と、誰かが呆れたように息をつくのが聞こえた。店長か、あるいはバイトの先輩だろう。

考えてみれば、初対面の、それも職場の偉い人だ。いくらその相手から問いかけられたとはいえ、何を言ってもいいわけではない。人間ではなくてロボットだ、と伝える言葉が、たとえ嘘《うそ》のない正直なものであったとしても、失礼にかわりはない。

(またやってしまった)

千晶には、肝心なところで失敗してしまう癖があった。ここぞ、というときいちばん大切なところで、いつも必ず、いちばんやってはいけないことをしてしまうのだ。昔から、そうだった。分かっていても直せない。むしろ、そんな自分を分かっているからこそ、うまくやろう、間違えないでやろう、と緊張してしまい、余計に失敗する。

「なるほど」

けれど神野は、そう言って淡々と頷くだけだった。

千晶の言葉をどう受け止めたのか、その無表情なままの顔を見るだけでは分からなかった。

「手を出しなさい」

背の高いその人が、千晶に向かって一歩足を進める。黒く、長いコートの裾《すそ》が、その動きに合わせて影のように揺れるのを、ぼんやりと見ていた。

「手を？」

とっさに理解できず、言われたことを繰り返す。

こぶしふたつ分ほどの近さまで距離を詰められると、その人と自分との差を、いっそう感じる。背の高さだけではない。時間をかけて丁寧に鍛え上げられたのだろう、男らしい体格。着ているコートは生地が厚く滑らかで、眺めているだけであたたかく肌《はだ》をくるまれた気持ちになる。その下に着ているスーツも、間違いなく上等のものだ。それから、靴も。

立派な大人の男と、男としてのできそこないの違いを、見せつけられた気になった。

「あ……」

立ちつくしたままの千晶に近づいた神野は、コートの下を探り、何かを取り出した。黒ずくめの人の手で、それはやけに眩《まぶ》しく見える。白い、ハンカチのようだった。

「手を出しなさい。怪我《けが》をしているだろう」

言いながら、神野は千晶の手を取る。

先端を傷つけた指は、すでに中ほどまで赤く汚れていた。手首に触れる神野の手は大きく骨張っている。冷たそうなその人の手は、驚くほどあたたかかった。じかに伝わる他人の体温に、千晶は目が覚めるような思いだった。ずっと目を開けて世界を見ていたはずなのに、いま改めて、閉じていた瞳をひらいたような、そんな不思議な感覚におそわれた。

「これは？　皿でも割ったのか」

はい、と、言葉にできずに頷くだけで答える。店の大切な備品を駄目にしたことを追及されるのだと思い、肩を縮める。

「傷痕《きずあと》だらけだな。常習犯だろう」

神野は千晶の指を、白いハンカチでくるむ。流れた血を拭《ぬぐ》われ、白い布がたちまち赤く染まった。その指先に、いくつも切り傷の痕が残っていることに気付かれた。その声も表情も淡々としていて、特別、それに腹を立てている風には見えなかった。

「きみはフロアに出るより、厨房の中で作業をする方が向いているのかもしれないな」

静かだけれど、ぶっきらぼうな口調だった。言葉だけを聞いていたら、冷たい、怖い人だと思ってしまうだろう。

けれど千晶の指を布越しに包み、傷を確かめる手は、それとは不釣り合いに優しかった。まるで、少しでも力を込めたら壊れてしまうと恐れているような、丁寧な、繊細な触れ方だった。その手に触れられた箇所に、ふわりと光がともるような、かすかにあたたかい熱が生まれる。

その熱に、勇気を与えられた気がした。言うべきではないのかもしれない、と思いながら口を開く。

「……俺も、そのつもりだったんですけど。人が足りないからって」

アルバイトの募集広告で見た時は、仕事内容は厨房内での調理補助・軽作業となっていた。とっさの対応というものが苦手な千晶は、自分が接客に向いていないとよく分かっていた。そのぶん、単純な作業を黙々とこなすことは苦にならない。多少ひとよりも手は遅いかもしれないが、洗い物や野菜の皮むきなら、何時間だって続けられる。

「そんな話は聞いていないな」

神野の目が、千晶ではなく店長に向けられる。アルバイトの面接をしてくれたのは、本部の人事担当だという人で、採用が決まってはじめて、千晶は店長と顔を合わせた。そして勤務の初日に、キッチンではなくフロアの担当で、と、この制服を渡されたのだ。

「……まあ、気持ちは分からないでもない。とはいえ、適性というものを考慮するべきだとは思うが」

その言葉を聞いた店長が、何か言おうとする素振りをみせた。それを、あとで聞く、と短く制して、神野は千晶の指を包んでいたハンカチを離し、あらかた血が止まったことを確か

める。赤く汚れてしまった白い布を一度広げ、また畳む。まだ真っ白のきれいな面で、ふたたび傷を庇《かば》うように巻かれた。

「完全に血が止まるまで、それで押さえておきなさい。家は？　近いのか」

「はい」

千晶の寝泊まりしているアパートは、ここから地下鉄で三十分ほどの距離にある。近いと感じるか遠いと感じるかは人によるだろうが、いまの千晶は、何を聞かれてもぼんやりと頷くことしかできそうになかった。

触れていた神野の手が、そっと離れる。そのことを、とても残念に思った。

「きみたちはもう帰りなさい。遅くまで引き留めて悪かった。いつもありがとう」

千晶を含めた三人のアルバイトに向けて、神野が言う。先輩二人が頭を下げて挨拶をしたので、千晶も慌てて真似る。

店長と神野は、このまま事務所に残って仕事の話をするようだ。去りがたくて、神野の方をちらちらとうかがっていると、まるで追い払うような仕草で、早く帰れ、と店長に睨《にら》まれてしまう。

「チアキ、終わったな」

先ほどの失言のことだろう。先輩二人はにやにや笑って、そのままロッカールームへ消えていった。

ふわふわと宙に浮いたような感覚の足で、フロアに戻る。

ハンカチを巻かれた指が、熱を持ったようだった。こんな薄い布一枚なのに、服を着た身体より、その指先の方がずっとあたたかく感じられるほどだった。

テーブルの上に残っていた皿は、すべてきれいに片づいていた。事務所に呼ばれている間に、厨房の人たちが下げてくれたのだろう。いまはもう、その厨房も暗く、誰も残っていなかった。

ひとりで黙々と床をモップがけして、テーブルを拭《ふ》く。時間に急《せ》き立てられていないので、自分のペースでゆっくりと店の中をきれいにした。落ち着いて、時間をかけてやれば、千晶にもひと並みの仕事ができた。ひとりきりで、三人分の仕事をしなければならなかったけれど、それを、不公平だと不満に思うこともなかった。ひとりだけれど、ひとりではないような、そんな心強い気持ちだった。ハンカチにくるまれた指先が嬉《うれ》しくて、何度も、そこに目をやりながら掃除をした。

最後に、割れた皿が落ちたあたりをもう一度確認する。破片も汚れも残っていないことを確かめて、千晶はほっと息をついた。時計を見ると、すでに本来の終業時間から一時間近くたっている。

ロッカールームでもそそと着替え、事務所に残っていた店長に退勤の挨拶をすると、まだいたのか、と目を尖《とが》らせて叱られてしまった。逃げるように、店を出る。

店の裏口を出たところに、思いがけない人影があった。

「神野さん……」

つい、昔からの知り合いのように、馴《な》れ馴《な》れしく名前を呼んでしまう。

彼も、ちょうど店から出たばかりのようだった。従業員専用の駐車スペースに、普段は見かけない黒い車があった。まさにその車に乗ろうとしていた神野が、千晶の声に振り返る。

「勤務時間はとっくに過ぎているだろう。居残りか」

「違います。そうじをしていただけです」

着替えてからも、千晶は傷のある人差し指をハンカチで包んでいた。深夜の冷え切った空気の中でも、そこだけがあたたかい。アパートの部屋まで、このまま帰るつもりでいた。許されるなら、ずっと外したくないほどだった。

「閉店後の？　あれはシフトに入っている全員でする決まりだろう」

「あ……、はい。けど、今日は、他のふたりがちょっと用事あるみたいで」

店の外灯も消してしまったため、明るいのは駐車場の隅にある灯《あか》りだけだ。神野がその光に背を向けて立っているので、彼がどんな表情をしているのか千晶にはよく分からない。黒い車の前にいる黒ずくめの人は、そのまま大きな影が立っているようだった。

「あ、あの。これ、すみません。ありがとうございます」

ハンカチで指をぎゅっと押さえながら、千晶は早口で言った。おそらく、もう血は止まっているだろう。それを、神野に気付かれたくなかった。ならばもう必要ないだろう、と、取り上げられたくなかった。もともとこれは、神野のものだというのに。

「その、洗って。きれいに、洗って、返しますから」

「必要ない。捨ててくれ」

「でも」

とても、あのように触れてくれた手の持ち主だとは思えないような、冷たい声だった。ぴしゃりとはねつけられるような拒絶の言葉に、それでも、と千晶は追いすがる。

きっと、千晶はもうすぐこのアルバイトもクビになる。先輩たちもそのような見解でいるようだし、おそらくそれは間違っていない。そうなってしまえば、もう神野には会えなくなる。偶然、どこかで顔を合わせるようなことは、二度とない。それくらい、千晶とはかけ離れた世界に生きる、かけ離れた存在だ。

「返します！　ふ、ふだんは、どこでお仕事してるんですか。俺、そこまで返しに行きます」

気がついたら、怪我をしていない方の手で、神野のコートの袖《そで》を摑んでいた。自分でも、何故ここまでしようとしているのか分からなかった。ただ、これきり会えなくなることが、嫌だった。

「だから……」

しつこく食い下がる千晶を、神野は何も言わずに、黙って見下ろしていた。やがて、ふ、と息を漏《も》らすような気配が伝わる。呆れたような、小さなため息だった。

「これを」

ハンカチを取り出した時のように、何かを差し出される。手のひらに乗るほどの、小さな長方形の紙だった。傷のない方の手で、それを受け取る。厚みのある紙には、ひとの名前と、住所らしきものが書かれている。神野の名刺だということは、暗い中でも分かった。

「あ、ありがとうございます……！」

神野にしてみれば、しつこい千晶を追い払うために名刺を渡しただけなのかもしれない。それでも、この小さな紙切れをもらえたことが、とても嬉しかった。

そんな千晶をじっと見ている神野の眼差しを感じた。はっ、と千晶は我にかえる。お年玉をもらった子どものようにはしゃいでしまった。この人が日頃、名刺を渡すような相手は、決してこんな風に浮かれたりしないだろう。

「……きみは」

何か言いかけた言葉は、途中で止まる。

きみは、に繋《つな》がる言葉を、千晶は耳を澄ませて待っていた。けれど神野はそのまま、千晶のことなど忘れたように、車に乗ってしまった。すぐにエンジンがかけられる。

駐車場を出て行く黒い車は、ゆったりと泳ぐ大きな魚のようだった。千晶も歩道に出る。そのまま、ライトの光が追えなくなるまで、それを見送っていた。

（神野さん。神野、長利《ながとし》さん）

街灯の下まで移動して、もらった名刺を眺める。名前もかっこいいな、と、そんな子どもじみたことを思う。きっとあの人は、そう伝えたところで、少しも喜ばないだろうが。

（……帰ろ）

ひとり暗い道に立っていると、急に、発作のように寂しさが襲ってくる。いつもと同じ帰り道なのに、その日は何故か、駅までの道をやけに遠く感じた。

夜空に手のひらを掲げるようにして、指先に巻かれたハンカチと一緒に、歩道を歩いた。真っ白なその布の色が、灯りのように夜道を照らしてくれるような、そんな気さえした。


終電間近の地下鉄は、これを走らせていて儲《もう》けが出るのだろうかと心配したくなるほど、乗客が少ない。がらがらの車両内で、千晶はいつものように、ドアの近くに立って銀色の手すりを掴む。

席はいくらでも空いているけれど、どれだけ疲れていても、千晶は座らない。

それは習慣というよりも、一種の強迫観念だった。この世界に、千晶の座っていい椅子《いす》はないような気がして、こうして立っている方が気が楽だった。千晶はいつでも、そうすることで、誰かに許しを得るような気持ちになっていた。たとえば息をすることや、食事をしてそれを美味《おい》しいと思うこと、すべてのことに対する許しだ。

——きみはフロアに出るより、厨房の中で作業をする方が向いているのかもしれないな。

地下鉄の車窓からは、景色が見えない。窓硝子《まどガラス》に映る自分の顔を見つめながら、千晶は今日会った、神野という男のことを思い出していた。

日本人離れした、堂々とした雰囲気の立派な人だった。もらった名刺の肩書きは「代表取締役」となっていた。上等な服と靴。それを纏うのにふさわしい、上等な人。

（遠い……）

あまりにも、千晶にとっては遠い人だった。

暗い窓硝子は、まるで鏡のように千晶の姿かたちをはっきりと映す。神野のことを思い出していただけに、その、男としての落差に哀しくなってしまう。

背は低いし、男のしるしである喉仏だって、あまりにささやかだ。そのせいか、変声期がきても、声もほとんど低くならなかった。極めつけは、顔だ。夢を見ているような、とろんとした瞳が目立つこの顔が、千晶は好きではなかった。日焼けをしにくい質《たち》のせいで肌は白く、頰《ほお》にはほのかに血の色が透ける。瞳が大きく黒目がちで、その色が目立つためか、甘い、ふわりとした透明感があるのだと、よく人には言われる。初対面の人、特に女性陣が最も口にするのは、アイドルになれる、というひと言だった。千晶の母親も、口癖のように同じことを言っていた。

ちょっとばかり顔が良いからといって、なれるはずがない。そんな甘い世界ではないのだ。

千晶はそのことを、よく知っていた。

——気持ちは分かるが。

キッチンではなくフロアの担当にされた、という千晶を見て、神野はそう言っていた。人が足りない、という言葉が、方便に過ぎないことは、千晶も気付いていた。

白いシャツに、黒いギャルソンエプロン。千晶がこの制服を着てフロアに出ると、店内のお客さんの視線がさっと注がれるのが分かる。まるでドラマの撮影に来ているみたい、とからかわれることも多かった。何の許可も取らずに写真を撮られることなど、日常茶飯事《さはんじ》だ。

千晶が店に出ることは、客寄せになる。事実かどうかはともかく、店長がそう考えているのは明らかなようだった。これまでのバイト先でも、多かれ少なかれ、似たようなことはあった。そして皆、最後には幻滅して、落胆するのだ。おまえは顔が可愛《かわい》いだけで、それ以外、何もできない人間だと。

(ほんとのことだから、仕方ないけど)

空《す》いている車内で、更《さら》に自分の占めるスペースを小さくしようと、千晶は肩を縮める。

(あの人も、俺のこと、そんな風に思うかな)

神野も、千晶のことを見た目だけの役立たずだと思うだろうか。すでに、出会い方は最悪に近い。そこから、更に、がっかりされるだろうか。

(だったら、嫌だ……)

身体を支えるために手すりを摑む手に、力を込める。

(神野さん)

触れてもらった指先だけが、いつまでもほのかにあたたかい。

まるで、そんなことはない、と、千晶の考えたことを否定して包み込んでくれるような、優しい熱がそこには残っていた。

(また、会えるかな……)

黒い影のような人のことを思い出すと、胸が、きゅうと内側から絞られるように、切なく痛んだ。

アパートの部屋に着いたのは、すでに丑三《うしみ》つ時《どき》といっても差し支えのない時間だった。

古い階段を、できるだけ音を立てないように上る。二階のつきあたりの部屋が、千晶の寝泊まりする場所だった。

「ただいま……」

いつものように、鍵はかかっていない。千晶の帰りを待っていたわけではなく、この部屋の家主には、扉に鍵をかけるという意識がないのだ。不用心だと、何度言っても分かってもらえない。靴が散乱する狭い玄関で、身を捻《ひね》って施錠する。

六畳の洋間にささやかな水回りがついただけの、決して広いとはいえない部屋だ。玄関に立っていても、奥の部屋から灯りが漏れていて、勇ましい音楽と派手な効果音が聞こえてくる。その音が大きいせいで、きっと、千晶が帰ってきたことにも気付いていないのだ。

明るい部屋に向かう前に、そのまま洗面所に足を向けた。洗面台にお湯を張り、指を包んでいたハンカチを外す。

真っ白で、皺《しわ》ひとつないきれいなハンカチだ。もしかしたら、新品かもしれない。いまはその白が、千晶の血のせいで赤く汚れていた。ぬるま湯の中に、白い布を沈める。水に触れると、傷にぴりっと痛みが走った。あとで消毒しなければ、とは思うが、自分の傷などは二の次だった。どうにかして、これを元の通りの、きれいな状態に戻したかった。

ハンカチを浸したお湯に、うっすらと赤い色が滲む。赤い細糸がほどけて溶けていくようだと、千晶はその様子をじっと覗き込んでいた。

「チアキ」

水の表面に映った千晶の頭の影に、もうひとつ、覆い被《かぶ》さるように影が重なって濃くなる。背後からかけられた声は弱々しく、母親の帰りを待ちわびていた幼い子どものようだった。

「遅かったじゃねえか……。心配したんだからな」

「ごめん、晴人《はると》」

足音も立てずにゆらりと、いつの間にやら背後に立たれていた。その声が掠《かす》れていることに、千晶は気付く。顔を上げると、洗面台の鏡越しに、赤く腫《は》れた瞳と目が合った。冷えた床から、ひたひたと寒さが全身に這《は》い上がっていく。そのせいか、やけに冷めた心で、また泣いたのか、という突き放すような言葉が胸に浮かんだ。

晴人はこの部屋の家主で、千晶に寝る場所を与えてくれている。高校時代からの同級生で、卒業後も一緒に地元を出た仲だ。もう何年も、一緒にいる。

「何してんの、それ」

「ハンカチ。貸してもらったやつ、汚したから……」

何をしているのか、と尋ねられて正直に答えたものの、晴人は大して興味を示さなかった。ふうん、と、どうでもよさそうに息を吐かれておしまいだった。そのまま、後ろから、千晶の身体に腕を回してくる。

チアキ、と囁《ささや》くように名前を呼ばれ、甘えるように顔をすり寄せられる。

同じ年でも、晴人の背は千晶より十センチ以上高い。ひょろりと細長い身体つきと、丁寧にカラーリングされた金に近い茶髪は、いかにも、窮屈な親元を飛び出して楽しくやっていますと言いたげないまどきの若者だ。けれど、優しげに目尻《めじり》が下がった柔和な目元は、どんな派手な装いの中でも、どこか品がある。晴人の生家は、地元では有数の名家だ。そこの三人兄弟の末っ子である彼が、どんなに周囲に可愛がられ、大切に育てられてきたかを、千晶はよく知っていた。愛を浴びるようにして育った晴人は、寂しさに弱い。

「また、彼女と喧嘩《けんか》したのか」

「俺、悪くねえもん。あいつが、もうほんと、わけ分かんねえことで怒りやがってさ……」

高校卒業後、千晶は専門学校に、晴人は大学に進学した。半年もたたずに千晶はその学校をやめることになったが、晴人の方は一応、たまには授業に出ているようだ。大学のことは千晶には分からないが、単位がやばい単位がやばい、と言いながらケラケラと笑う晴人を見ていると、大丈夫なのだろうかと心配になった。

「やっぱり俺には、おまえしかいないんだ」

絡みついて抱きしめてくる腕が、次第に強くなる。

晴人には、同じ大学に通う彼女がいる。リリコちゃんという可愛らしい名前の、可愛らしい女の子だ。いつもパステルカラーの、必ずどこかにフリルのついた洋服を着ている。入学直後に付き合いはじめたふたりの間には、喧嘩が絶えない。その度に、晴人はいつも、もう別れる、もう死ぬ、と落ち込んで泣いて荒れる。千晶にこんな風にすがりついて、おまえしかいない、と、何度も繰り返す。

（……そんなこと言って、どうせ、明日には仲直りするくせに）

はじめこそ同情して、親身になって相談に乗ったりもした。けれど、たいがい、喧嘩をした翌日、千晶は部屋に帰れなくなる。仲直りをしたふたりが仲良くするため、ひと晩どこかに行っていてほしいと頼まれるのだ。だからこの分だと、明日もまた、この部屋に帰れない。

そんなことは分かっているのに。

おまえしかいない、と言われれば、胸の奥底がじわりと甘くもなった。

晴人に彼女ができたと聞いた時には、これでもう、あんなことはしなくなるのだろう、とぼんやり思っただけで、嫉妬や寂しさなど、微塵《みじん》も感じなかったはずだった。

それでも、必要だ、とはっきりと声に出して求められると、そこから逃れられなかった。

「なあ、チアキ……、チアキはずっと、俺のそばにいてくれよ……」

晴人の「ずっと」は、いま、この瞬間だけの言葉だ。明日にはもう忘れて、また寂しくなった時に都合よく持ち出される。その言葉がどんなに軽いものなのか、千晶は痛いほど、知っているのに。

「いるよ。……ここにいる」

晴人のそばにいることを選んだのは、千晶自身だ。彼だけが、千晶にふさわしいものを、与えてくれるから。

耳の付け根に、噛《か》みつかれるように口づけられる。そんなに強く吸われたら、赤く鬱血《うっけつ》した痕が残るだろうと、ぼんやり思いながら、千晶は鏡に映る自分の顔をぼんやりと眺めていた。

ふわりと、みずみずしい梨《なし》に似た匂《にお》いが鼻先をかすめる。晴人の愛用するシャワージェルの香りだ。自分のものをほとんど持たない千晶も、それを使わせてもらっている。だから必然的に、それは千晶の身体から漂う香りでもあった。

同じものを食べて、同じ香りを纏う。千晶と晴人は、身体がふたつに分かれているだけの、同じ生きものだ。彼に噛みつくように触れられる自分を見ていると、千晶の心に、自然と「ともぐい」という言葉が浮かんだ。最後には、お互いをかけらも残さないほど貪《むさぼ》りあって、この世界から消えてなくなる。

「寒いよ。あっち行こ」

子どものように、うん、と晴人が頷く。

洗面所の灯りを消す前に、ハンカチを浸す水に指先で触れる。つい先ほどまで、あたたかく指に触れていたその水は、もうすっかり冷え切っていた。

ごめんなさい、と千晶は心の中で呟く。人間じゃないみたいだ、と失礼な言い間違いをしてしまった時の神野の顔が、何故だか思い浮かんだ。

決してそんな分かりやすい表情ではなかったはずなのに、思い出すその顔は、やっぱり、どこか寂しげなものだった。


晴人のことが、好きなはずだ。

そのはずだった。けれど、よく、分からなくなる。

他のさまざまなことと同じように、千晶は、自分にはひと並みに恋愛をする能力も欠けているような気もしていた。ひとを好きになるということが、どういうことなのか分からなかった。一日、誰かのことを思って頭がいっぱいになったこともないし、そばにいない人の声が聞きたくてたまらなくなったこともない。

晴人は、千晶のことを好きだと言う。高校に入学して、その時からずっと同じクラスだった。はじめて顔を見た時からいいなと思っていた、と打ち明けられたのは、二年生の夏休みのことだっただろうか。

顔だけは可愛い、と千晶は子どもの頃からよく言われた。だからその顔に好意を持たれることは、少なからずあった。千晶は女の子が苦手なので、そこから、何にも発展することはなかったが。

男にそんなことを言われたのは、晴人がはじめてだった。好きだと言われて、そのことを怖いと思ったけれど、すぐにその言葉の空虚さを知って、安心するようになった。晴人はただ千晶の見た目が気に入っているだけだ。それさえあれば、千晶がどんな人間であろうと構わないし、知ろうとも思っていない。溺《おぼ》れるほどの愛情の中で、ほとんど叱られることなく育った晴人は、無邪気で、わがままで、時々残酷だった。

（……生きてた）

目を開いて、いちばん最初にそう思った。暗闇の中、天井を見上げて、がっかりしたような、ほっとしたような気持ちになる。それから、ほっとした自分に、嫌悪感を抱く。あらかじめそう設定された機械のように、毎回、心は同じ流れをたどって繰り返す。

ベッドの上では、千晶に背を向けて晴人が眠っている。シングルサイズのベッドも寝具も、男ふたりが穏やかに眠れる広さではない。千晶が目を覚ましたのも、晴人に布団《ふとん》と毛布をすべて奪われて寒かったからだ。

（さむ……）

ベッド脇のテーブルに置かれた時計を見てみる。午前三時、というその時間に、下着ひとつの肌がぞわりと震える。いちばん、空気の冷たい時間なのかもしれない。

千晶がいなくなって、余裕ができたのだろう。晴人は健《すこ》やかな寝息を立てながら、寝返りを打ってベッドの上に大の字になった。その顔を少しだけ眺めて、千晶は自分用の毛布を手に取り、肩から羽織《はお》る。そのまま、ぺたぺたと裸足《はだし》の足を鳴らして洗面所へ向かった。

灯りをつけて、鏡で自分の顔を確認する。

（……痕、残ってない。だいじょうぶ）

明日は、昼からバイトに入っている。制服のシャツでは首筋が隠せないので、そこに痕が残らなかったことに安心する。

「落ちるかなー」

洗面台にふたたびぬるま湯を張る。肩から毛布を被っただけの格好で、ひとりごとを言いながら、改めてハンカチを洗う。

洗剤を溶かした水に浸けておいたおかげか、赤い汚れは薄くなっていた。おそるおそる、布を擦《こす》り合わせて染みを落とそうとしたけれど、少しもきれいにならない。力を込めると、塞《ふさ》がりはじめた指の切り傷が開いて、そこに洗剤が染みた。

指先の痛みが腕を伝って身体に届いたように、わけもなく胸が痛んだ。目の奥が熱くなりかけて、千晶はなぜか、泣きそうになっている自分に気付いた。

晴人は、乱暴なセックスが好きだった。

好き、というより、最中に極まってしまうと、自分でも何をしているのか分からなくなるのだと言う。ほんとうかどうかは分からない。

殴られたり、叩《たた》かれたり、そういった痛みを与えられたことはない。けれど、最後には必ず、首を絞める。息ができなくなるほど強くは絞めない。ただ両手のひらで首を摑まれ、じわじわと、少しずつ、力を込められる。

行為自体は、気持ちいいと感じなくもない。けれど最後のそれだけは、何度やられても、慣れなかった。ひとによっては、絞められる側にも、そうすることでしか得られない快感を味わうこともあるらしいが。千晶にとっては、苦痛でしかなかった。首をきゅっと締め上げられて、腰をがんがんぶつけられて、それが終わると、ほっと安堵《あんど》して、そのまま意識がなくなる。千晶にとっては、そこまでが、セックスというものだった。高校時代に、晴人から教えられた。

晴人のことが好きなのかどうか、千晶には分からない。

けれど、彼といると、何よりも、許しを与えられた気持ちになれる。そうやって痛くて苦しい目に遭ってはじめて、生きていていい、この世界に存在してもいいと、目に見えないたくさんの人の声が、千晶のことを許してくれるような気がした。

それほどの安心感を、晴人以外の、誰もくれない。そのはずだった。

洗面台の中に浸された白いハンカチを見下ろす。その赤く汚れた白い布に、神野の面影《おもかげ》が映った気がした。冷たい目をしたあの人ならば、晴人とは、もっと違うものをくれるだろうか。

そんなことを考えながら、執拗《しつよう》なまでに、ひたすらハンカチを洗い続けた。

「……だめだー」

どのくらいがんばっただろう。気がつけば、ハンカチは丸めたちり紙のように皺だらけになっていた。力を込めすぎたのだろうか。我にかえって手を止める。広げてみると、多少目立たなくなってはいるものの、赤い血の染みはしっかりと残ったままだった。途方に暮れて、鏡に映る自分の顔を見る。目が血走って、隈もできている。ひどい顔だった。

(かわりのものを、買いに行かないと)

ハンカチには、隅に小さなタグがつけられている。そこに書かれているアルファベットは、きっとブランドの名前だろう。デパートに行って売り場の人に見てもらえば、同じものがなくても、近いものを買うことができるかもしれない。

ごめんなさい、と心の中で呟いて、しわくちゃになってしまったハンカチを手のひらに包む。濡《ぬ》れているから、当然のように冷たかった。

灯りを消して、晴人の部屋に戻る。眠りが深い晴人は、ちょっとやそっとの物音では目を覚まさない。それでも、足音を立てないように気を払いながら、千晶は窓際に置かれたクッションに身体を沈める。大きくてふかふかのこのクッションは、晴人が千晶のために買ってくれたものだ。立ちっぱなしで疲れた足と、晴人に無茶をされた腰が重くて痛い。身体を丸めて、毛布を被る。そこが、千晶の寝床だった。

（……神野さん）

汚れて、濡れて、しわしわになってしまったハンカチを、毛布の下で広げる。神野がどんな風に千晶の手を包んでくれたか、思い出そうとした。

あんな風に、優しく誰かに触ってもらったのは、どれくらい久しぶりのことだろう。記憶をたどって、冷たいハンカチで、疼くように痛む指先をくるむ。ふわりと光をともしてもらえたような、優しいあたたかさを、ずっと感じていたかった。

（ごめんなさい……）

こんな自分が、居心地悪かった。それでも、あの人に、また会いたくてたまらなかった。

眠りの時間が足りなかった。

あくびを嚙み殺しながらの勤務になってしまい、いつも以上に、店やバイトの先輩に迷惑をかけた。昨日やったばかりだというのに、今日は、グラスをふたつ駄目にしてしまった。寝たのがほとんど明け方だったのに、一限目から授業だという晴人に起こされ、急き立てられるように部屋を出た。どういう風の吹き回しか、今日は、真面目《まじめ》に早起きして大学に行くつもりになったらしい。さすがに外出する時には、部屋に鍵をかけていく。千晶は鍵を持っていないので、晴人が出かける時には、一緒に外に出るようにしていた。

「柏山くん、今度やったら弁償だから」

昨日のことがあったせいだろうか。それとも、ついに、我慢の限界に達したのだろうか。店長に冷たい声で注意され、千晶はすごすごと店を出た。何をやっても、うまくいかない。

バイトの前に、デパートでハンカチを探した。はじめて足を踏み入れる服飾小物売り場では、店員さんが親切に対応してくれた。どう見ても安物のコートとジーンズ、スニーカーという格好の千晶にも、まるでとっておきのお得意様が来たかのように、言葉も挨拶の仕方も、丁寧だった。

しわくちゃになって、赤い染みの残ってしまったハンカチを見せた。まったく同じ種類のものはないけれど、同じブランドの、デザインが似ているものがあるとのことで、それを買って、包装してもらった。びっくりするほど高かった。

その包みを入れたリュックを背負って、千晶はいま、あたりを見回している。神野にもらった名刺を頼りに、そこに書かれた住所を探す。降りたことのない駅なので、道もまったく分からない。電柱に書かれた番地を見ていって、目的地から遠くなったり、近くなったりを繰り返す。

ようやく探していた建物の前にたどり着いた時には、すっかり日も暮れていた。一階がコーヒーショップになっている、真新しいビルだ。見上げて数えてみると、十階建てのようだった。名刺に書かれた住所は、このビルの七階になっている。

深く考えもせず、そのままビルに入って、エレベーターに乗る。新しい、きれいなビルに特有の、ひんやりとひとを寄せ付けない空気の中、七階で降りた。黒い壁に、株式会社シゾーレ、と書かれた銀色のプレートがかけられている。硝子扉の前にインターホンがあったので、それを鳴らした。

「どういったご用件でしょうか」

すぐに、中から人が出てきた。濃い灰色に、細いストライプが入ったスーツを着た女の人だった。銀縁の眼鏡《めがね》をかけていて、頭がよさそうだ。神野と、同じ年ぐらいだろうか。

用件を聞かれて、千晶は固まってしまう。ここに来れば神野に会えるとしか思っていなかった。千晶は、女の人と話すのが苦手だった。バイト先で接客する時でさえ、緊張してしまう。秘書、といった理知的な雰囲気のその人に、何を言ったらいいのか分からなくなってしまった。

「あ、あの……」

どう見ても不審人物だ、と、自分でもそう思う。

千晶の外見や、その、聞かれてすぐに返答しない様子に、仕事上にかかわりのない相手だと判断したのだろう。眼鏡の人は、無言で身をひるがえし、硝子扉の向こうへ戻る素振りを見せた。

「ま、待ってください……、あの、俺、神野さんに」

「社長に?」

その姿が完全に扉の向こうに消えてしまう前に、千晶は声を上げる。神野の名を出したことで、彼女の表情がわずかに興味深そうなものに変わる。足を止めて、いま一度、頭の先から足の先まで、検分するように眺められた。それから、納得したような、していないような顔をされた。

「神野さんに、用があるんです。それで、名刺をもらってて」

嘘ではないことを示すために、大事にポケットにしまっていた名刺を出して見せる。眼鏡の人がちらりとそれに目をやった。それで、とでも言いたげに、何も言わずに千晶の言葉を待っている。

「もらって……もらっただけなんですけど……」

眼鏡越しの冷静な瞳は、千晶の浮ついた心も冷ましていく。確かに、名刺はもらった。千晶はそれを、いつでも来てくれて構わないという、好意そのものだと半分思い込んでいた。ふつうの人なら、どうするのだろう。神野はこの会社でいちばん偉い立場だ。きっと、とても忙しい。電話で、いまから行ってもいいかと確認を取るべきだったのだろうか。

「社長は留守です。帰りは遅いと聞いています」

以上です、とでも付け加えられたような気持ちだった。そのまま背を向けて、秘書風の女の人は硝子扉の向こうに去っていった。

しん、とあたりが静まりかえる。

ずいぶん仕事ができそうな人だったな、と、いま会った人のことを考えながらエレベーターに乗る。きっと神野にも頼りにされているだろう。皿やグラスを次々割って店に損害を与える千晶とは、大違いだ。

どこから人生をやり直したら、あんな風になれるだろう。

「……あ」

ビルの外に出てから、思いつく。さっきの秘書らしき人に、買ってきたハンカチを渡せばよかったのかもしれない。たぶん、バイト先の店長がよく口にする「常識」として考えるなら、そうするべきだったのだろう。

けれどこれは、どうしても、千晶の手から渡したかった。

神野に、もう一度だけでいいから会いたかった。会って、ハンカチを駄目にしたことを謝って、もし許されるのなら、どんなささいなことでもいいから、言葉を交わしたかった。それが無理だとしても、ひと目、姿を見せてもらえるだけでもよかった。

ひと気のなかったビルを、外から眺める。硝子張りの建物は、暗い夜空に向かって高くそびえる青い塔のようだった。一階のコーヒーショップだけが、白く明るい光を歩道に投げかけている。

ここで待っていれば、神野に会えるだろうか。

ビルの入り口正面で、ガードレールに背を預ける。煌々《こうこう》と灯りがともるコーヒーショップの硝子の向こうを、見るともなく眺めた。いまは、さほど混んでいる時間ではないようだった。外から見える限りでも、空いている椅子がいくつもある。けれど、そこであたたかいものを飲んで、帰ってくる人を待とうという気持ちにはなれなかった。千晶はこの手の店が苦手だ。まず、注文が上手にできない。それに、座ってゆっくりと時間を過ごすことができないのだ。早く立ち去らなければならない気持ちになって、落ち着かない。

(さむ……)

夜が深まるにつれて、空気が冷えていく。高校時代から着ているコートはすっかりくたびれていて、袖口に糸のほつれが目立ち始めている。息を吐いて、指先をあたためた。昨日、皿の破片で傷つけた指をじっと見つめる。いまは、そこに薄くかさぶたができていた。血はだらだらと流れたけれど、思ったより深い傷ではなかったようだ。この分だと、痕も残らないかもしれない。そのことを残念にも思った。傷痕が残れば、それはあの人に触れてもらった痕になるのに。

時折、コートのポケットの中に手を入れる。そこには、昨日、神野に巻いてもらったハンカチがあった。きちんと乾かさないまま持ち歩いているせいか、手触りは冷たくて、まだ湿っているようにさえ感じられた。けれど、どんなに濡れて冷たくなっていても、この手をくるんで、神野に触れてもらったことを思い出せば、ぽかぽかとあたたかい気持ちになれた。

ビルの中から、何人かの人が出て行くのを見送った。皆、ぴしっとスーツを着た賢そうな人ばかりだ。その中に、あの眼鏡の女の人もいた。歩道に立っている千晶の方に、ちらりと視線を向けられた気がしたけれど、街灯の灯りの下で見た限りでは、その表情はほとんど変わらなかったように見えた。

やがて一時間が過ぎ、二時間が過ぎた。時折、腕時計で時間を確認する。

晴人からは案の定、今夜は別のところで泊まってほしい、と連絡を受けていた。千晶には晴人以外、頼りにできるような友達がいない。

千晶には行くところがない。だから、いくら神野の帰りが遅くなったとしても、ひと晩中、ここで立って待ち続けることだって全然平気なのだ。

「……きみか」

その人が千晶に声をかけてきたのは、待ちはじめて、三時間と少し経過した頃だった。立ちつくしたまま、冷えて身体が固まりかけていた。だから、しばらく反応ができなかった。

「もしやと思ってはいたが。……まさかほんとうに来るとは」

低い、淡々とした声。夜のアスファルトの上で聞くと、その声はいっそう耳を冷やす。

「神野さん」

少し先の歩道に、大きな黒い影が立っていた。昨日とよく似た、寒い国から来た殺し屋のような風情の人が、その鋭い目を千晶に向けていた。恐がりな子どもなら、そんな風にじろっと見られただけで、泣き出すかもしれない。怖い顔、というわけではないのに、どこか凄《すご》味《み》のある美貌のせいで、その顔つきには静かな迫力がある。

千晶のことをどう思っているのか、その顔と声からでは、うかがい知れなかった。

「秘書から連絡があった。ストーカーが待ち構えているから、裏口から出入りするように、と」

「えっ。え、俺のことですか……」

秘書とは、さっきの眼鏡の人のことだろう。彼女の目には、千晶がそう映ったようだ。

「おそらく」

他に思い当たる節《ふし》がない、と、神野は重々しく頷いた。

「それできみは、ほんとうにストーカーなのか」

「ち、違います、俺」

誤解を解かなければ、と千晶は慌ててリュックを降ろし、中からハンカチの包みを取り出そうとした。勢い余って、鞄ごと歩道の上に落としてしまう。どさり、と重たい音を立てて転がったリュックを、千晶より先に神野が拾い上げてくれる。

「す……すみません」

「ずいぶん重いな。旅にでも出るのか」

ほら、と差し出された鞄を受け取る。改めてひとから言われると、肩ひもがずっしりと手のひらに食い込むように感じた。

千晶が現在、寝泊まりしているアパートは、晴人が借りている部屋だ。正確には、地元の晴人の両親が、家賃を払っている。

もともとは、千晶も自分の部屋を借りていたのだ。進学した専門学校をやめた時、千晶は実家に戻るつもりでいた。そのつもりでアパートも引き払い、大して持っていなかった洋服や家具なども、ほとんど処分するかリサイクルショップに売ってしまった。

けれど、結局は帰らないことにした。それ以来、いっしょに暮らそうぜ、と誘ってきた晴人の部屋に、ずっと身を置かせてもらっている。

「旅には出ないです。俺、たんすを持ってないから」

招き入れてはくれたものの、晴人の部屋は物が多く、彼のものだけですでに圧迫状態だ。千晶のもの、といえば、晴人から買ってもらったベッド代わりのクッションくらいだ。その他の洋服や生活用品は、いつもこのリュックの中に詰めこんでいる。こうして持って歩いていれば、たとえ急に部屋に帰れなくなっても大丈夫だから、という理由もある。晴人は気まぐれだった。

「きみは毎日、簞笥《たんす》を背負って歩いているのか。ご苦労なことだ」

真面目に答えた千晶に、神野も、淡々と応じるだけだった。冗談なのかそうでないのかさっぱり分からない。周囲が暗いし、おそらくもともと、感情が顔に出ないのだろう。その表情をなんとか読み取りたくて、千晶はそっと背伸びした。けれど、たった数センチ近づいたところでは、見えるものはほとんど何も変わらなかった。

「あの、これ。すみません、昨日のやつとはちょっと違うんですけど」

立ち去られてしまう前に、千晶はきれいにラッピングされた包みを取り出す。はい！　と叫ぶような勢いで、神野の手に半ば無理矢理押しつけた。

「これは？」

ストーカー紛いの不審人物だと思われているからだろうか。その包みを見る神野の目は、明らかに怪しいものを見る眼差しだった。ハンカチを返す、と千晶が言ったことも、もう忘れてしまったのかもしれない。もともと神野は、返す必要などないと言い放ったのだ。指を傷つけて、血を流していた千晶のことも、もう忘れてしまっただろうか。あんなに優しく、小鳥でも摑むように、そっと触れてくれたのに。

そう思うと、哀しくなった。

神野は冷ややかな、つめたい目で包みを見ていた。その視線が、千晶に向けられる。

「ハンカチです。洗ったけど、どうしてもきれいにならなくて。かわりに……」

「……ああ」

そこまで聞いて、神野もようやく、自分が渡されたものの中身がなんなのか分かったらしい。

「そんなことのために、わざわざ？」

ここまで来て、こんな時間まで待っていたのか。言葉にはされなかったけれど、神野がそう言いたいのであろうことは分かった。

名刺の住所を頼りにあちこち歩きまわったことも、寒い中、じっと立ちつくして待っていたことも、千晶にとっては苦ではなかった。この人にもう一度会える、と思うと、それだけでどんなことにも耐えられそうな、そんな気さえしていたのだ。たった一度、優しく触れられて、短く言葉を交わしただけで。

千晶には、そのくらい、特別なひとふれだった。

それを、そんなこと、と言われてしまった。そうなのかもしれない。千晶にとっては、暗い世界に灯りをともされたような、決して忘れることのできない一瞬だった。けれど神野にとってそれは、記憶の片隅にすら残らない、些細なものだったのかもしれない。

千晶は小さく唇を噛んだ。伸ばされた手に触れようとした瞬間、ぴしゃりとはねつけられたような思いだった。もともと、神野にそのつもりはなかった。ふとした小さな仕草に、勝手に千晶が誤解して、嬉しくなっていただけなのだ。

ふいに強い風が吹いて、足元を枯葉が数枚、からからと乾いた音を立てて転がっていく。コートを着ている意味がないくらい、その冷たい風が身体を冷やした。凍り付きそうな指先を、くっと手を丸めて握り込む。

対照的に、神野はこの寒い中に立っていても、平気そうな顔をしている。きっとどんな強い風が吹いても、この人は平気だ、とそんなことを思った。千晶の古びたぼろぼろのコートとは違う、質がよくて分厚い布地の黒いコートが、この人を守っている。身につけているものだけを見たって、千晶とは違う世界に住んでいる人だということは分かる。

（……どんな風に見えるんだろう。この人の、目から見たら）

簡単な仕事でさえ、満足にこなせない。男としても、人間としても、できそこない。

（この人から見たら、俺のこと、どんな風に見えるんだろう……）

自分が情けなくてたまらなかった。消えてしまいたいような気持ちになって、寒い中、顔だけが熱い。恥ずかしい、と思った。少し優しくされただけで、こんなに舞い上がっている自分自身が、どれだけ飢えているのかを思い知らされた気分だった。神野にとっては、気まぐれで甘いお菓子を与えた子どもが、もっと、とあとを追ってきたようなものだろう。おまけに何やら、失礼だったりわけの分からないことばかり言ってくるのだ。災難以外のなにものでもない。

「……見た目とは違い、鋭く、賢いのかと思っていたが」

そんな千晶を見下ろして、神野は淡々と口にする。千晶のことを言っているのだろうが、ひとりごとのようなもの言いだった。

「違うのだろうか」

その静かな低い声には、ほんのわずかに、落胆の響きが混じっていた。それは千晶にとって、これまでに何度も投げつけられた感情だ。こんな奴《やつ》だと思わなかった、がっかりした……。よく知っているものだから、ほとんど心の滲んでいないその声が伝えようとしていることにも、気付くことができた。

「するどい……賢い？」

しかしなぜ、そのように勘違いされたのかは分からなかった。素直で優しそうだ、と、見た目からそんな風に言われることはあるが。賢そうなどと、お世辞でも言われたことはなかった。

「人間ではない、ロボットだ、と」

「あ、あれは……」

日本人離れしているこの人の雰囲気に呑《の》まれ、変に言い間違えした挙げ句の発言だ。それを、神野がそのように受け止めていたとは、意外だった。

「何故そう思ったのか、聞いてもいいだろうか」

なぜか、この人を見ていると、胸が締め付けられた。千晶とは何もかもが違う、遠い人だと分かっている。

「俺は」

分かっているからこそ、その距離が哀しかった。それはこれまで、どんな人にも抱いたことのない想いだった。

「……俺は、すごく好きな映画があって。それに、ロボットが出てくるんです。ずっと昔に滅びてなくなってしまった国があって、それでも、ひとりでそこを守り続けるロボットが……たぶん俺は、そのことを思い出したんだと思う」

理由は、自分でも知らないはずだった。それでも、心の中にしまっていたその映画のことを思い出すのと、流れるように言葉があふれ出すのは、ほとんど同時だった。

「戦わない、優しいロボットなんです。もう人間は誰もいなくて、ひとりぼっちで、それでも、自分の役目は国を守ることだからって、ずっとそこを守ってて……。俺はそれが、かわいそうで、すごく寂しいだろうなって思って……」

他に誰も存在していない、滅びた国。草が生い茂り、かつて栄えた王城はみどりに覆われて少しずつ埋もれていく。幼い頃に見て以来、それは千晶のとても好きで、そして同じくらい、とても苦手な映画だった。その一場面についての印象が鮮やかすぎて、何度見てもストーリーを覚えられないほどだ。

「……ん。あれ……?」

自分で言いながら、何か、違う気がした。映画そのものの話の筋はおぼろげだったけれど、そのロボットの登場するシーンだけは、心に焼き付いたようにはっきりと覚えている。

（……ちがう）

だから、その記憶と、自分が口にしたことが食い違うことに、すぐに気付いた。

「ちがう。ロボットは寂しくないんです。友達がいるから……。そうだ、寂しいのは」

静かに千晶を見ている、神野を見上げる。

そうだ、そのロボットは、決してひとりではないのだ。朽ち果てた城の庭には、動物たちや鳥がいる。それは、彼の友達なのだ。だから、寂しくない。作中でも、そう言われていた。

千晶は神野を前にして、ひとり自分の思いにとらわれる。

この人をはじめて見た時に、寂しい、と思った。その静かで揺らがなさそうな表情に、勝手に孤独を見出《みいだ》していた。その時に抱いた感情は、あのロボットのことを思う時の心と同じだった。

あの優しいロボットは、寂しくない。きっと神野も、そうだろう。

そこに行きたい、と、強く思った。寂しいのは。

「……寂しいのは、俺……」

ひとがすべて消えた静かな王国で、物言わぬ優しいロボットに寄り添って、彼のそばにいたい。千晶はずっと、そう思っていた。そこには千晶のことを叱る人も責める人も誰もいない。人間として、男として不良品でも、誰も傷つけずに生きていられる。

――人間でないなら、なんだ？

それと同じだ。この人のそばに行きたい、と、千晶は神野をはじめて目にした時、心にそう思っていたのだ。

――ロボット。

あなたは、俺にとってあのロボットと同じなのだと、千晶は無意識のうちに、そう告げていた。だから、近づけそうにないことに哀しくなる。この人に寄り添いたいと思うのに、それが、とうてい叶《かな》わない願いだということが分かるからだ。

（でも、それって）

何を言われているのだろう、と怪訝《けげん》に思っているように、神野はわずかに眉間《みけん》に皺を寄せていた。そのまま、千晶の顔を見ている。怒っているようにも見えたけれど、そうではないことだけは、なんとなく分かった。たぶん、おかしなことを言われて困惑しているのだろう。

そして困惑しているのは、神野だけではなかった。

（そ、それってまるで、ひ、ひと目ぼれじゃないか……！）

心の中だけで叫ぶ。あやうく声まで出そうだったので、どうにか、手のひらで口を押さえた。惨めな自分が恥ずかしい、と思っていた先ほどとは、違う理由で耳が熱くなる。比べものにならないくらいの恥ずかしさだった。きっと顔も手も、全部が真っ赤になっているだろう。

「大丈夫か」

明らかに挙動不審になった千晶に、さすがの神野も不安になったのだろう。熱でも確かめようとしたのか、額に触れようと手を伸ばされかける。ひっ、と、短い悲鳴を上げて、後じさってそれから逃れた。いま触れられてしまうと、自分がどうなってしまうか分からなかった。

深く考えもせずに言っていたことは、あなたのそばにいたい、と、そう伝えていたのと同じことだったのだ。それはほとんど、愛の告白だ。

そのことに気付いてしまうと、もう、まともにこの人の顔さえ見られなかった。

「……さ、さよなら。もうこんなことはしません。昨日はありがとうございます。どうもおそまつさまでした」

思いつく限りの言葉を口にして、身をひるがえし、その場を去る。重たいリュックを背中にかついで、暗くて寒い夜の歩道をひとり走って逃げた。

（な、なんてことを……。なんてことを！）

恥ずかしくてたまらない。走る前から、心臓が破裂しそうに激しく音を立てていた。冷え切った夜の空気の中、優しく触れてもらった傷のある指が、いまは火がつきそうなほどに熱い。

待ちなさい、と、それを止める声が聞こえたような気がした。けれど、振り返ることもできなかった。

もう二度と会えないだろう人の声が、最後に自分を引き留めてくれたことだけを、嬉しく覚えていようと思った。

その晩は、晴人の部屋の近くにあるネットカフェで寝ることにした。

狭い個室の中、黒い革がぼろぼろに剝《は》げている椅子の上で膝《ひざ》を抱えて、ネットで「バイトをやめる方法」と検索した。いくつもためになりそうなページが表示される。それをひとつずつ見ていきながらも、時折、自分のしたことを思い出してしまい、わーっと声を上げて両手で顔を覆った。ひとり掛けのリクライニングチェアがあるだけでいっぱいの狭いブースの中には、千晶の他に誰もいない。それでも、世界に顔をさらしていることが恥ずかしくてたまらなくなった。

許されないことをした、と、そんな罪悪感がひしひしと胸に湧いてくる。ただでさえ、生きることすら、認められていない気がしているのに。だから毎日、ひっそりと、できるだけ自分の存在を小さくしようと、肩を縮めて生きているのに。

心臓がばくばくと激しく音を立てはじめ、息が苦しくなる。その胸に、さっきさよならを言った人が、優しく触れてくれた手を重ねた。あたたかい優しい熱が、そこにはまだ残っているように思えた。まるで守られているような気持ちになって、じんわりと安心する。

神野に会いたい、と、思う気持ちは、晴人を求めてしまう感情とはまったく違う。

違うことは分かるけれど、どのように異なっているのか、いまは冷静に考えられそうになかった。あの人のことを思い出すと、また、恥ずかしくなってわーっと声を上げたくなってしまう。

「『やめる時には、最低でも二週間前には伝えなければなりません』」

気を紛らわしたくて、画面上に並ぶ文字を、小声で読み上げる。二週間、という期間でさえずいぶんと長く感じるのに、文字はその後「しかし常識的には、せめて一ヶ月前には言いましょう」と続いていた。

常識、という言葉に、千晶はいっそう落ち込む。きっとまた、退職させてほしいと伝えた時には、店長から怒られるのだろう。

（やだなあ……）

自分が悪いのだから仕方がない。分かっていても、気は重かった。

シャワーを借りて、身体と髪を洗う。サービスでもらったシャンプーとボディソープは、いつも使っているものとは、香りがまったく違う。心許《こころもと》ないような、少し、自由になったような、そんな気持ちになった。

晴人からは何の連絡も来ていなかった。シフト表を確認すると、明日のバイトは夕方から閉店にかけてだった。閉店後の片づけは大変だけれど、夕食のまかないが出るシフトなので、千晶はその時間帯をメインで希望している。

いまは晴人の部屋に転がり込んでいる。けれど遅かれ早かれ、そこを出なければならない日は必ず来る。そうなったら、また自分でアパートを借りなければならない。

専門学校をやめた時に、親元からの仕送りは止めてもらった。この先、自分の人生がどうなるのか、いまは見通しもつかない。アルバイトが長続きしない千晶では、貯金もなかなかたまらなかった。

インスタントのカップうどんを買って、引き続き「バイト　やめる　理由」などを検索する。上から順番にページを開いていく。やめる理由をどう伝えれば円満に去ることができるのか、いろいろな人がたくさんの提案をしている。けれどどれを見ても、目が滑るだけで、頭の中には入ってこない。

（……ハンカチ、使ってくれるかな）

うどんの湯気を顔に浴びていると、また、神野のことを思い出した。何をしても、あの人のことを考えてしまう。

千晶が渡したあの包みを、開けてくれただろうか。もともとは、借りたものを返すかわりに用意したものだ。だから、喜んでもらいたい、なんて、考える方が間違っているのかもしれないが。

（でも、気に入ってくれるといいな）

千晶はもう、神野には会えないだろう。ハンカチを返す、という名目はもう果たしてしまったし、おまけにあんなわけの分からないことを、面と向かって次から次へと言ってしまったのだ。ストーカーだと注意した神野の秘書の目は確かだ。千晶のしたことは、そう呼ばれても差し支えなかった。これ以上つきまとえば、警察を呼ばれてもおかしくない。もう会えない。だからこそ、せめてあのハンカチをそばに置いてほしかった。

（気持ち悪いって、捨てられてないといいな……）

うどんを食べ終えて、スープもすべて飲み干す。胃があたたかいものでいっぱいになると、途端に眠たくなった。今日はもともと、寝不足で朝から眠かったのだ。うとうとしながら歯を磨いて、布団のかわりになる膝掛けを借りる。

狭いブースの中で、固い椅子の上、身体を丸めた。

「神野さん」

つい、お守りのようにその名前を口にしてしまう。大事な、赤い染みの残ったハンカチを取り出し、それを一度広げて、また丁寧に畳む。たったそれだけのことで、ずいぶん心が安らいだ。

千晶にとってこのハンカチは、あの人に優しく、丁寧に触れてもらった一瞬が、確かにあったことの証拠だった。たとえそれが、千晶ひとりの勘違いで、神野にとっては記憶に残す価値さえないものであっても構わない。これがあれば、千晶はいつでも、光に包まれたような、泣きたくなるようなあたたかさを思い出すことができる。

膝掛けにくるまって、目を閉じる。黒い合皮の剝げかけた椅子は、千晶が寝床にするには少し窮屈だ。固い肘《ひじ》置きの間に挟まって寝ていると、まるで、大きな無機物の胸に抱かれて寝ているような、そんな気持ちになった。平日夜のネットカフェは空いていて、千晶の両隣のブースは無人のようだった。空調の音だけが聞こえる。静かだった。

まるでもう、すべてが滅んで誰もいなくなった世界で、もの言わぬ優しいロボットに寄り添って眠っているようだった。指先だけが、まだあたたかい気がした。

千晶のアルバイト先「カルメラ」は、イタリアンを中心としたダイニングレストランだ。もともとは真夜中まで開いている、ワインを飲ませるバーだったらしい。それを、営業時間を短縮させて、食事に重点を置く形態に変更した。いまでも、ワインリストにはずらりといくつもの銘柄が並んでいる。けれど酒を飲まずに、食事だけを楽しみに来る人も多い。イタリアで修行してきたというシェフは、チーズを使った料理が得意で、必然的にメニューもそれが中心だった。その料理の数々が、特に女の人に人気だという話だ。千晶は見たことはないけれど、雑誌やテレビで紹介されることも多いらしい。週末の夜などは、予約で席がいっぱいになることもある。

バイトに入ってすぐ、そんな話を先輩たちから聞いていたことを千晶は思い出していた。

これはすべて、オーナーが変わってからの話なのだという。以前の営業形態だった頃は、いつ潰れるやら、とアルバイトの間で囁かれるほどだったらしい。それがここまで様変わりしたというのなら、新しいオーナーの手腕によるものだろう。

それが、神野なのだ。

(あっちのテーブルの人は、もうすぐデザートかな。コーヒー、そろそろ声かけてもいいかな……)

ラストオーダーまであとわずか、という時間になり、さすがに新しく入店する客はもういない。すでにほとんどのテーブルは食事を終え、デザートやコーヒーを楽しんでいる。声をかけられた時にすぐに対応できるよう、千晶はフロアの様子をうかがいながら、空いたテーブルを片づけていた。

「チアキ、店長が呼んでる」

そこに、バイトの先輩から声をかけられる。

「いまですか?」

「そう。話があるって」

小声で言ったその顔は、にやにやと笑っている。店長の話の内容が、だいたい予想できているのだろう。この先輩には、神野にはじめて顔を合わせた時のやりとりをすべて見られていた。

(やめる方法、調べなくてもよかったな)

何を言われるのか、さすがの千晶にも想像できた。だいたいこれまでの経験においても、偉い人から「話がある」と呼ばれた場合は、必ず、良くない方の話をされる。客前ではばかられるようなお説教や、その挙げ句の辞職の勧めなどだ。

神野のことがあるから、千晶自身も、このバイトをやめさせてもらう気でいた。けれど、たとえそのつもりでいたとしても、おまえはいらないのだと言い渡されるのだと思うと、足が重たくなった。

「店長。きました」

スタッフルームに通じる扉を開けると、店長が通路に立って千晶を待ち構えていた。腕を組んで、苛立った表情を隠そうともしていない。柏山くん、と重々しく名前を呼ばれる。はい、と返事して、千晶は身につけている黒いエプロンを脱ごうとした。もう今すぐにでも出て行きますと、頭を下げるつもりだった。

「何やってんの？　オーダーを取りに行ってほしいんだけど」

苛々した声で、それを止められる。

「俺が？」

そんなことを言われるとは、考えてもみなかった。不思議に思いながらも、エプロンをつけ直す。

店長にとっても納得のできないことなのか、どこか呆れたように両肩を摑まれた。そのまま、半ば突き放すようにフロアの方向にぐっと押される。

「あちらからのご指名だ。くれぐれも、失礼のないように」

いちばん奥の個室だ、と念を押され、千晶は頷くしかなかった。

千晶の名前を出して、オーダーを取りに来るよう指定した人物がいるらしい。この店でははじめてのことだったが、以前のバイト先で、似たようなことは何度かあった。個室に呼ばれ、連絡先を書いた紙を渡されたこともあるし、手を握らせてほしいと言われ、そのまま三十分ほど離してもらえないこともあった。相手は千晶より年上の人が多くて、女もいたし、男もいた。酔っぱらった人に尻を触られたこともある。

そういう時、千晶は男だから、何をされてもたいがいは冗談ですまされてしまう。上司や先輩に相談したところで、にやにや笑って馬鹿にされて終わりだった。

（あんまり変な人じゃないといいな）

そんなことを考えながら、店長に言われたとおり、いちばん奥の個室の前に立つ。この店には三つ個室が設けられていて、それぞれ、部屋の入り口には扉ではなく、分厚く光沢のある生地のカーテンが下げられていた。

「失礼します」

その前で頭を下げて、そっとカーテンを開く。くるみ色のテーブルが中央に置かれた個室の中は、壁も、布張りの椅子も赤い。少し暗めに調節してある照明の光に浮かび上がるその赤い空間は、親密なふたりが向き合うのにふさわしく、特に、カップルに人気だった。

「え」

どこか隠微な雰囲気の中、どんな人が千晶を呼んだのかと、おそるおそる足を踏み入れる。

赤い椅子には、大きな、黒い影が待っていた。

「神野さ……オーナー」

また、馴れ馴れしい口を聞きそうになってしまう。慌てて言い直した千晶に、相変わらず、影を纏うような黒いロングコートの人は、ちらりと静かな目を向けた。

「神野でいい」

店の中は空調も効いているはずだが、寒いのだろうか。コートを着たままのその人を、ついじっと見てしまう。デートに最適と紹介されることも多い、ムード満点なはずの個室には、まるで今にも拳銃の密売がはじめられそうな緊張感さえ漂っていた。

「お……オーダーをうかがいにきました」

冷え冷えとした目で、神野が千晶を見る。鋭い眼差しに気圧《けお》されつつ、胸の中が、じわりと生暖かく湿っていくのを感じた。そこに、ちいさなやわらかい生きものが棲《す》んでいて、この人にまた会えたことが嬉しくて、涙を流しているようだった。

しかし、浮かれている場合ではない。千晶には思い当たる節があった。

（ぬきうちチェックだ）

きっとこれは、オーナーである神野による、最終審査なのだろう。先日、店長は千晶のこれまでの行いについて、いくつも嘆きの声を上げていた。それを聞いた神野は、おそらく自らの目でその真偽を確かめに来たのだ。

（俺、おわった……）

この人の目を誤魔化《ごまか》せるわけがない。もうお許しください、とすべてを放棄して頭を下げたくなる一方で、それでも、せめて少しでもちゃんとしている姿をこの人に見せたいというささやかなプライドもあった。いずれにしてもクビはほぼ確定だろう、と、半ば自棄《やけ》になりながら、神野の注文を待つ。

「そうだな。きみのお勧めを二品」

試すように、神野はそう言った。何がおすすめですか、は、よく聞かれる。千晶はいつも、答えを決めていた。自分が食べたことがあって、心から美味しいと思ったからだ。

「チーズリゾットとパングラタンです」

「なるほど。米とパンで、主食が被っているが」

「あっ」

「まあいい。男子らしい選択だろう。では、それに合う飲み物は」

飲み物のおすすめも、よく聞かれる。そしてそれに対しての千晶の返答も決まっていた。

「サングリアです」

誰に何を聞かれても、千晶はそれで通していた。それぐらいしか名前を覚えていないからだ。

ふむ、と、神野は何か言いたげに短く息をつく。

「俺は車で来ているんだが」

「じ……じゃあ、ノンアルコールのサングリアで」

実際に、それがメニューに載っていることを確かめたらしい。神野はちらりと手元に目線を落としたあと、また千晶を見た。

「では、きみにお勧めいただいたものを、それぞれ二人分ずつ」

ふたりぶん、という言葉に、千晶は内心で少し驚く。あまり、ものを食べるという行為に興味のなさそうな神野だったが、結構、量を食べる人らしい。それなら、米とパンの主食尽くしではなく、もっとバランスを考えておすすめすればよかった。

訂正すべきかどうか迷っていると、その様子を観察するような神野の視線を感じた。はっと我にかえり、頭を下げて個室を後にする。

「かしこまりました」

注文ひとつまともに取れないのだと思われたくなかった。もう手遅れかもしれないが。

「オーダー、いただいてきました」

厨房に伝えるよりも早く、書き込んだ伝票を店長に奪い取られた。早く用意して、と、厨房に向けて声を上げているのを聞きながら、千晶はじわじわと、神野にまた会うことができた喜びを噛みしめていた。

胸に、左の手のひらで触れる。再び神野に会えたことで、その手に新しい熱を分けてもらえた気がした。まるで魔法をかけなおしたように、弱くなった光が蘇って、触れた胸を優しくあたためた。

昨日の、千晶の不審な言動については、もう忘れてくれただろうか。特に何も言われなかったから、大人として、見なかったことにしてくれるのかもしれない。そのことに安堵しつつも、まるで何事もなかったように淡々としていた神野を思い出すと、少しだけ寂しい気持ちにもなった。

「柏山くん、どんなこと聞かれた？」

フロアに戻るべきかどうか考えていた千晶の腕を、店長が掴んで引き留める。

「別に……。お勧めは何かって聞かれただけです」

「ほんとに？」

何故、そんな詰め寄られるように聞かれるのか千晶には分からなかった。千晶は正直にあったことだけを答えたけれど、店長の目は疑わしげだった。信じてもらえていないのだろう。

「あの、俺、あっち戻っていいですか」

突き刺すような視線に居心地が悪くなり、テーブル席の方を指差す。ラストオーダーの時間は過ぎたが、店内にはまだ三組ほど客が残っている。注文は取ってきたのだから、これで千晶の出番はもう終わりだろう。そう思ってフロアに戻ろうとした千晶を、慌てたように店長が止めた。

「柏山くんはもう、今日は出なくていいから。オーナーのお相手して」

「え……。やめた方がいいと思いますけど」

注文の取り方だけでなく、その後の一連の接客についてもチェックするのだろうか。ただでさえ、些細な失敗が多い千晶だ。緊張してしまうと、そのミスが余計に多くなる。神野のあの高そうなコートに料理や飲み物の載ったトレイをひっくり返してしまったらどうしよう。内臓でも売らなければ、弁償できないのではないだろうか。

店長は、オーナーである神野の心証を気にしているようだ。だったら、こんなぽんこつのアルバイトに任せない方が店のためにはいいはずだ。

だから、別の人に行ってもらった方がいいと思ったのだが。

「オーナーから、きみ以外は寄越すなと言われてるんだ。でなきゃこっちだって、きみなんかには頼まないよ」

どういう意味か分からなかった。神野が自分の目でしっかり見極めたいということかと思ったが、どうやら、店長の顔を見ていると、そうでもなさそうだと分かる。

「浮いた話のない堅物かと思いきや、そっちの趣味があったとはね」

苦虫を噛み潰したような、言いたいことがありすぎて我慢できない、という表情だった。

「ま、しっかりご機嫌取っておきなよ」

そう言って千晶を見てくる目は、笑ったかたちをしていたけれど、ひんやりと冷たかった。

これは見下してもいい奴、どんな風に扱っても構わない奴だ、と、千晶のことをそう思っている人の目だった。

いくら千晶の頭が悪くても、神野のことを含めて、馬鹿にされていることだけは分かった。

「そういうんじゃないと思います」

晴人のこともあるから、千晶自身については、反論しようとは思わない。ただ、神野について そのように言われるのは許せなかった。もしこの場に神野がいたら、店長は絶対、そんなことを口にしないだろう。そういう人だからこそ、千晶を相手に言いたいことを言おうとしているのだ。遣《や》り場のない悪意のゴミ箱にされている気分だった。

馬鹿にされるのも、見下されるのも、千晶にとっては慣れたことだ。もとより、千晶はその程度の人間だ。けれど、他人が神野のことを悪意を持った言葉で語るのを聞くと、自分でも信じられないくらい、腹が立った。千晶がもう少し反射神経がよければ、その気持ちのままに声を上げていたかもしれない。

「ほら、運んで。くれぐれも粗相のないように。何かやらかしたら、柏山くんの給料から引くから」

トレイをふたつ渡される。言いたかったことがいろいろあったけれど、結局、口に出さずにぐっと飲み込んだ。トレイは重たくて、気を抜くとその瞬間に派手に落としてしまいそうだった。

慎重に、神野のもとへ料理と飲み物を運ぶ。

「失礼します。お料理をお持ちしました」

頭を下げて、ふたたび赤い個室に足を踏み入れる。神野はどこか神妙な面持ちで、ひとり静かに待っていた。殺し屋のような黒いコートは、畳まれて椅子の背にかけられている。コートの下も、黒に近い、濃い灰色のスーツだ。ネクタイはわずかに青みがかった深いみどり色で、端正な結び目がきれいだ。白いシャツの襟元《えりもと》だってきりっとしていて、神野の凜々《りり》しい容貌を、さらに理知的に見せていた。似合っている。千晶の制服のへろへろ具合とは大違いだ。

「お……おまたせしました」

ぽかんと口を開けて、その姿に目を奪われてしまう。どうにか無事に運び終えた料理を、神野の前に並べる。リゾットと、パングラタン。どちらもできたてで、溶けたチーズがふつふつと泡を浮かべていた。特にグラタンの皿はオーブンにかけていたため、かなり熱い。

それがふたつずつすべて自分の前に並べられた様を見て、神野はわずかに怪訝そうな顔をした。想像と違ったのだろうか、と、眉間に皺の寄ったその顔を見ながら不安に思う。

飲み物のグラスを、ひとつは神野の前に置いたものの、もうひとつも隣に並べてよいものか迷う。ひとりが一度に飲み物をふたつ頼んだケースには遭遇したことがなかった。

「こっちは、どこに置いたらいいですか」

「きみの好きなところに置けばいい。右利きなら自分の右側に、左利きなら左に」

「はあ」

千晶は右利きだ。テーブルの脇に立ったまま、言われたとおり、自分の右側に置く。神野が座っている位置からは、かなり遠くなる。

どういうことだろう、と不思議に思っていると、ふ、と短く息を漏らす気配があった。

「……座りなさい。そのうえで、きみが手の取りやすい場所に、と言うべきだったか」

しかし千晶は、それを聞いても、とっさに身動きができなかった。思わず、目を疑う。

神野の顔を、じっと見つめてしまった。

（……わ、笑った……？）

の、だろうか。涼しげな切れ長の目が細められ、口の端が上がっているように見えた。もともとが整った、冷たい顔立ちの人だから、ほんの少しそれを緩めただけで、一気に、表情がやわらかく見える気がした。

「し、失礼します……」

微笑《ほほえ》みに気圧される、というのもおかしな話なのかもしれない。けれど、そうとしか言えない心情だった。すすめられるままに、向かい合いに座る。すると神野は、自分の前に並べられたリゾットとグラタンの皿を、ひとつずつ千晶の方に移動させた。

「店の人間には許可を貰っている。よければ、食事に付き合ってくれないか」

その低い声も、かすかな微笑みとともに耳にすると、穏やかに優しげに聞こえた。

「あ……。だから、ふたつだったんですね」

オーダーの内容に、ようやく納得する。神野はもともと、二人分の量として注文していたのだ。お勧めは、と聞いてきたのも、もしかして、千晶の好みに合わせるための質問だったのだろうか。

自分が食べてもよいものだと言われると、途端に、目の前で湯気を立てている皿から、いい匂いが漂ってくる気がした。普段は厨房から客の前まで運ぶだけで、零さず大事に、とひたすら注意しているせいか、あまり、その美味しそうな匂いを意識することもなかった。

まかないで出してもらうパンとスープは、アルバイトの間で分け合って食べることになっている。新入りの千晶は休憩に入るのも最後で、いつも、腹八分に少し足りない程度の量しか残っていなかった。食欲をそそるチーズの溶けた香りに、くう、と、胃が空腹を訴える。

「食べなさい」

まるでそれを聞かれたように、神野が促す。

もしかしたら、これも、千晶を試しているのかもしれない。こんな夢のような話があるのだろうかと、千晶はまだ疑わずにいられなかった。偉い人からこのように言われた時、常識のある人は、どう振る舞うのが正解なのだろう。

分からなかった。分からないから、自分がしたいようにすることにした。目の前の美味しそうなものを、食べたかった。胸に抱えたままだったトレイを脇に置いて、おずおずとスプーンに手を伸ばす。

「いただきます」

パセリの葉が散らされた、クリーム色のリゾットをひとさじすくい、ゆっくりと口に入れる。少し堅めのご飯に、濃厚なのにふわりと優しいチーズの味が絡んでいる。美味しかった。そのまま、無言で黙々ともうひとくち、もうふたくち、と食べてしまう。

神野がそんな千晶を見ていることに気付いたのは、すでに皿の半分ほどを食べたあとだった。

「す、すみません、俺……」

久しぶりに食べた、手の込んだ美味しいものに、つい我を忘れてしまった。神野がなぜこんなことをするのか、理由も尋ねないままに、食べてよいと言われるままに従ってしまった。千晶が動物だったら、美味しい餌《えさ》につられて、簡単に罠《わな》にかかるだろう。

顔を上げて、スプーンを下ろす。神野はまだ、何も手をつけていないようだった。

「謝らなくていい。ずいぶん美味そうに食べるものだなと、感心していた」

「……お腹《なか》が空いてたので……」

つい、そんな言い訳をしてしまう。気にすることはない、とでも言いたげに首を振って、神野はグラスを持ち上げて小さく掲げた。照明の淡い光が、硝子の縁に映ってきらりと輝く。乾杯、の仕草だ。千晶も慌てて真似をする。赤紫色に透き通った飲み物は、柑橘《かんきつ》の香りが爽《さわ》やかで甘かった。

「はじめて飲むな」

ふむ、と、はじめての味わいを確かめるように、神野はグラスの中身を眺める。

サングリアは本来なら、赤ワインをベースに作られるカクテルだったはずだ。ノンアルコールのものには、そのかわりに、ぶどうのジュースを使っている。強い酒を淡々と飲みそうな神野が、甘いジュースを飲んでいるのだと思うと、申し訳ない気もした。

「ジンジャーエールとかの方がよかったですか」

「いや。悪くない。それに、きみが好きなものなのだろう」

「俺も、はじめて飲んだんですけど。でも、いま、好きになりました」

飲んだこともないものを勧めたのか、と、千晶の言葉を聞いて、神野はまた少し笑った。一度、笑顔を知ると、この人の整った顔にも、意外と表情が浮かんでいることに気付く。冷たそうに見える薄い唇の端が、わずかに上がっている。いまその唇は、千晶と同じ飲み物を含んだばかりだ。だから、この舌に残る甘みと同じ味がするだろう。そんなことを考えてしまって、思わず、ぎこちなく目をそらしてしまう。

「あの……神野さんは、どうして俺を……」

店長の話によると、神野が千晶の名前を出して、このように呼び寄せたということだったが。千晶は店にとっては出来の悪いアルバイトだし、神野個人にとっても、ストーカー疑いの不審人物でしかないだろう。こうして食事を一緒にしている、その理由が千晶には分からなかった。

「……きみに会いたかった」

神野はグラスを置き、テーブルの上で手を組む。まるで、真面目な仕事の話でもはじめられた気分だった。静かな、それでも真摯《しんし》な言葉だった。

「昨日あのあと、逃げて行ったきみを追いかけた。……けれど、見失った。まるでシンデレラだと、そう思った」

やけに可愛らしいことを言われたが、この人が口にすると、童話のお姫様の名でさえ、闇世界の符丁のようだった。あまり、ロマンティックには聞こえなかった。

「意外と足が速いんだな。しかもあんな重い荷物で」

その時のことを思い出したように、かすかに苦笑される。

見てもいないその姿が、なぜか目に浮かんだ気がした。暗い夜の歩道で千晶を見失って、その時も神野は、このように苦笑いを浮かべたのではないかと、そんな気がしてならなかった。そう思いたいだけかもしれないが。

「なんで、俺なんかに」

心の底から分からなかった。わけの分からないことをひとりで言って去って行ったことを叱られるのなら、まだ納得もできるが。しかし神野にしても、そこまで暇ではないだろう。

「あとで話す。とりあえず、いまは食べなさい」

冷めないうちに、と、まだ皿に残っている料理を示される。

あとで話す、と言われてしまうと、それ以上追及することもできない。千晶は大人しく、

ふたたびスプーンを手に取った。まるでそれを真似るように、向かい合いに座る神野もカトラリーに手を伸ばす。千晶の挙動を、ひとつひとつ、その静かな目でつぶさに追われている気がした。その目に自分がどう映っているのかと思うと、緊張はしたが、決して、不快ではなかった。

会いたかった、と言ってもらえたことが、じわじわと時間をかけて胸に広がっていく。まるで、泣きたいような気持ちだった。胸いっぱいにあふれるものを、少し逃がすために息をつく。

「……美味しいです。俺、ここのご飯はほんとに美味しいと思う」

パングラタンは店でもとりわけ人気の高いメニューだ。分厚く切り分けられたパンの上に、チーズがとろりと溶けていた。バターの染みたパンと、少し甘いチーズの組み合わせは、ひとを幸せにする。

千晶がこの店でアルバイトをしたい、と思ったのは、リリコちゃんに教えてもらって美味しかったから、と、晴人が連れて来てくれたことがきっかけだった。その時も、このグラタンを食べた。普段は菓子パンやインスタント食品ばかり食べている千晶にとって、夢のように美味しい食べ物だった。

「きみの履歴書を見せてもらった。この店に来る前は、居酒屋やカフェで働いていたんだな。ずっと飲食系を選んでいるのは、何か理由があるのだろうか」

「理由というか……」

履歴書、という単語に、千晶は勝手に卑屈な思いを抱いてしまう。そこには、専門学校もアルバイトも、何もかも長続きしていませんという経歴しか書かれていないからだ。

神野はそれを見て、どう思っただろう。見損なわれたり、呆れられたりしたのでなければいいのだが。

「俺、なにもできないし……。体力もそんなにないし、手先も不器用だから。頭も悪いし。でも、皿を洗ったり、片づけたりすることはできるから。注文とったり、レジ打ちとかはちょっと苦手だけど……」

自分で言っていて情けなくなる。しかし、どうして飲食系を選んでいるのかと聞かれたなら、確かに、理由はあるのだ。

神野は黙々と食事をしながら、千晶の言葉に耳を傾けている。フォークと皿がぶつかる音さえもほとんど立てていない。食べる時も静かな人だ。

「美味しいものを食べると、みんな、幸せそうな顔するから。それが、いいなって思って」

千晶は料理ができない。けれど、その技術がある人の作ったものを、お客さんのもとに運ぶ手助けをすることぐらいならできる。見た目もきれいに飾り付けられた皿を見て、お客さんは歓声を上げて喜んでくれる。待ちきれない、とフォークや箸《はし》を手に取って、どんな料理でも、最初は皆、少しだけ口に入れる。

そうして次の瞬間、ぱっ、と、新しい電球に光がともったように、ぴかぴかの笑顔を浮かべるのだ。

「俺が、何かしてるわけじゃないけど……」

いつも、どんな人でも同じような反応を見せてくれるわけではない。それでも、疲れた顔をしていた人が、千晶が運んだ飲み物に口をつけたとき、ほっ、と少し気が緩んだように肩の力が抜けて見えたりする。

その瞬間が、千晶はとても好きだった。ささやかでも、誰かの幸福に立ち会える。

たぶん、この店もいずれ、千晶は去ることになる。そうなっても、やはり千晶はよく似た仕事を探すだろう。そんな気がした。できたら次は、厨房から出ずに皿を洗いたいものだが。しどろもどろになりながらも、どうにか千晶の言いたいことは伝えられたようだった。なるほど、と、神野はわずかに目を細めて頷く。

「きみの採用を決めた担当者を誉めておこう」

冗談なのか、本気なのか相変わらず分からない。それだけ言って、神野は、聞きたいことはすべて聞いた、とでも言いたげに、黙々と食事に戻った。

千晶からも、聞きたいことがたくさんあった。たとえば、オーナーだったり社長だったりする神野が、どんな仕事をしているのか。その高そうな黒いコートは、どこで買って、どのくらい値が張るものなのか。昨日渡したハンカチを、どう思ったか。……左手に指輪は見えないけれど、特別に想う人が、いるのかどうか。

神野のことをもっと知りたかった。けれど、知ることは怖かった。これ以上、この人の存在が自分の中で大きくなったら、自分が自分ではない、別の生きものに作りかえられてしまいそうだった。

だから、千晶も黙って、静かに向かい合い、同じものを飲み、同じものを食べた。

晴人以外の誰かとこんな風に食事をするのは、ずいぶんと、久しぶりだった。


たいへん恐縮なのですが閉店時間です、と、店長が腰を低くして個室にあらわれた。腕時計を見ると、確かに、店を閉める時間だった。

「あ……じゃあ、俺、これ下げます」

神野が何か言おうとするより先に、千晶はトレイを手に立ち上がった。にこやかな笑みを浮かべた店長が、ちらりと千晶の方を見た瞬間を見逃さなかった。

テーブルの上の皿とグラスを集め、トレイに載せる。慌てたので、がちゃがちゃと耳障《みみざわ》りな音を立ててしまった。見られている、と、視線を感じているから、余計に手に力が入ってしまう。

「失礼します。どうぞごゆっくり」

顔を見れば、神野は何か言ってくれたかもしれない。そんな気がしたからこそ、目を合わせられなかった。せわしなく卓上を片づけ、千晶は個室を出た。

店長は、神野と仕事の話でもするのだろうか。そのまま、個室に残っているようだ。

（料理の代金、俺の給料から引いてもらお……）

忘れないように、心の中で呟く。何が何やらよく分からないひとときだったが、フロアに戻り、いつも通り閉店後の掃除をしていても、まだ、足元がふわふわと浮つくようだった。

いつもならば、千晶に仕事を任せて先に帰ってしまうバイトの先輩たちも、そんな千晶を不思議そうに見つつ、珍しくともに作業をしてくれた。まだ、店内に神野がいるからかもしれない。個室は使用中だから、今日は掃除しなくてよしとのお達しが出されたとのことだった。

ちらちらと個室の方をうかがいながら、閉店にかかわる作業をすべてを終える。そちらの方角はひっそりと静まりかえっていて、ひとの気配さえ感じられなかった。もたもたと着替えているうちに、ロッカールームに残っているのは千晶ひとりになってしまった。

重たい鞄を背負って、事務所に向かう。机に向かって、店長が精算作業をしていた。

「おつかれさまです……」

もう、神野は帰ったのだろうか。声をかけるのもはばかられたが、挨拶だけはした。店長は手元に目を落としたまま、小さく頷くような仕草を返した。

神野と、あの店長は、もしかしたら気が合わないのかもしれない。

そんなことを思う。千晶は店に入ってからまだ間もないし、経営的な仕事にはほとんど関心がないので、これまでは店長とオーナーの違いさえ知らなかった。今日、店長が神野のいないところで千晶に言い放った数々の言葉からは、胸の奥が冷たくなるような、かすかな悪意が伝わってきた。表面上は、決して見せようとはしていないが、心の中には穏やかでない感情を抱えているのだろう。

もし千晶が、あんな風に一緒に仕事をする人から悪意を向けられたら、たぶん耐えきれずにすぐに逃げ出す。実際、オーナーである神野に合わせる顔がないから、と、それだけの理由でこの店をやめようとしていたのだ。店長に叱られたり、冷たい目で見られるたびに、嫌な汗をかいて身体が固くなってしまう。

けれど神野は違うだろう。そもそも立場が異なるとはいえ、たとえあの人が千晶と同じアルバイトの身であっても、きっと、自分の好き嫌いだけで物事を判断することはないはずだ。神野だけではない。好きになれないと思うところも多い店長だけれど、彼にしたって、個人的な感情だけで、この店を放り出して逃げ出したりはしないだろう。皆、大人だ。

（……俺も、大人にならなきゃ）

コートのポケットにしまったハンカチに、そっと指先で触れると、これまでに思ったこともないような言葉が、自然と胸に浮かんだ。そんな自分はこれまでに知らない自分だった。

従業員専用の出口に向かう足取りは、まだふわふわしていた。そんな浮かれた気分を冷ますように、携帯が震える。取り出して見ると、晴人からメッセージが届いたところだった。

（ともだちに、車を借りたから……）

心の中で、その文面を読み上げる。おそらく、千晶の勤務時間が終わったのを見計らって送ってきたのだろう。大学の友達から車を借りたから、それで千晶を迎えに来てくれるのだという。そのまま、いまから遊びにいかないか、という誘いのようだった。

今朝、千晶がコンビニの前でクリームパンとコーヒー牛乳を食べていた時に、彼女は大学に行ったからもう帰ってくればいい、という連絡はもらっていた。バイトまで時間があったので、言われたとおり晴人の部屋に帰った。晴人はベッドの上で爆睡していて、結局、千晶がまた出かけるまで目を覚まさなかった。

暗い部屋の中には、ほのかに甘い、砂糖菓子のような香りが漂っていた。女の子の匂いだった。

千晶は、女の子が怖い。やわらかくて可愛くて、いい匂いがする。近くに寄るだけで傷つけてしまいそうで、自分のことが嫌いになった中学生の頃から、苦手になってしまった。

晴人から送られてきたメッセージに、もう一度目を凝《こ》らした。何度見ても、遊びにいこうという言葉と、ごきげんな絵文字が跳ねているだけだった。

（……どうしよう）

たぶん晴人は晴人なりに、千晶をひと晩追い出したことを、悪かったと思っているのだろう。その埋め合わせというか、罪滅ぼしとして、こうして遊びに誘ってくれているのだということは分かった。たとえ、それを直に謝る言葉がないのだとしても。

けれど千晶にとっては、あまり気の進む話ではなかった。立ちっぱなしで疲れているし、明日は昼からの勤務だから、出かけるよりは寝ていたい。

(どうしよう、だって)

心の中で、迷って、悩む振りをした自分を笑う。

(どうせ、断れないくせに……)

面倒だ、嫌だと思っていたって、千晶は晴人にはそれを言わない。これまで、ずっとそうやって一緒にいた。だから晴人の方でも、断られるなんて思ってもいないだろう。

返事をしなければ、と思いながら、重たい扉を開けて、店の外に出る。

しんと冷え込んだ夜の空気が、頬に触れる。

「あ……」

そこに、ぽつりと黒い大きな影があった。まるで見えない月を見上げるように、その人は暗い駐車場に、ひとり立っていた。

(……ロボット……)

千晶の心の中には、あの優しい、大きなロボットの姿が浮かんだ。他には誰もいない滅びた王国で、ひとりたたずむ静かな人。その人が、千晶を待っていた。

「千晶」

通用口から出てきた千晶に、神野も気付いたのだろう。ふいに呼びかけられたその声に、心臓が止まりそうになった。

低い声で名前を呼ばれた。皆、たいがいの人は千晶のことを名前で呼ぶ。それなのに、誰かが自分のことをそんな風に呼んでくれる声を、はじめて聞いた気がした。

「……そう呼んでも構わないだろうか。先に聞くべきだったな」

構わない、という気持ちを伝えるため、言葉なく頷くだけでせいいっぱいだった。冬の空気に冷えたはずの耳が、一瞬で熱くなるのを感じた。

「家まで送ろう。乗りなさい」

「え……」

黒い、影のような車を示される。ほとんど灯りがなくて暗い中でも、その車体がぴかぴかに磨かれて光っている。ぜったい、高い車だ。車というものに縁がない千晶には、手で触れることも畏《おそ》れ多いほどだった。

いつもは車とまったく縁のない生活をしているのに、今日に限って、迎えに来ると言われたり家まで送ろうと言われる。どうしよう、と、もう一度心の中で呟く。今度は、迷う振りではなく、ほんとうに悩んだ。

晴人と、神野。ただの偶然だと分かっていても、まるで、どちらかを選べと言われているようだった。

「話したいことがある。聞いてくれるだけでいい」

千晶のためらいを、どう受け取ったのだろう。神野はわずかに千晶との間合いを詰めた。千晶を見下ろす神野の表情は、どこか張りつめていて凄味さえ感じられた。千晶がもし、この人のことを何も知らない状態だったなら、こんな顔で車に乗れと凄まれたら、東京湾に沈められるのだと観念しただろう。

「俺……」

けれど、千晶は神野のことを、そういった意味では怖いとは思わなかった。この人は、自分を恐ろしいものに見せようとして、その姿であることを選んだわけではない。千晶が、可愛い、アイドルになれる、と見た目だけで誉められる外見を望んで得たわけではないのと、きっと同じだ。

「俺でいいなら」

答えたのは、ほとんど無意識のうちだった。頷いたその瞬間、知らないところに行こうとしているような心細さを覚えた。

千晶が神野を前にして、怖い、という気持ちを抱くのは、決してその風貌や、鋭い眼差しを恐れているわけではない。むしろその逆だった。怖いのは、そっと触れてくれた優しい手と、眼差しと、声だ。それらの優しい、やわらかくて決して怖がるべきでないものへの恐れが、じわじわと胸に滲み出てくる。

この人といるよりも、晴人といた方が、ずっと安心できる。いまこうしているだけでも、千晶は立っているだけで何か悪いことをしているような、遣り場のない居心地の悪さを感じていた。慣れ親しんだ場所へ帰りたい、と、そちらに心惹《ひ》かれるのも正直な気持ちだった。

それでも、いまはそれ以上に、もっとこの人のそばにいたかった。嫌だ、怖い、と恐れる以上に、神野に引っ張られる力の方が強かった。

戸惑いつつも頷くと、神野もどこか安堵したように、小さく頷いた。触れるのも怖い車の、助手席の扉を開けてくれる。おそるおそる、車内に足を踏み入れた。

(……社長の乗ってる車みたいだ)

そんな、馬鹿みたいな感想しか浮かばなかった。神野は社長だ。

黒を基調にしたシンプルな内装の車内には、余計なものが一切置かれていない。腰を下ろしたシートが、体重に合わせて柔らかく身体を受け止める。千晶が寝床にしているクッションよりも、寝心地がよさそうに思えるほどだった。

「取って喰《く》ったりしない。そんなに緊張しないでくれるか」

千晶を待つ間、エンジンをかけていたのだろう。車の中はすでに暖房が効いていて、千晶の薄いコートでも、十分にあたたかかった。運転席に乗り込んだ神野が、シートベルトを締める。

「俺、車ってほとんど乗らないから……」

ましてや、千晶にとって、特別な存在になりつつある人の車だ。車内は大きくてゆったりとした空間を感じるつくりになっているものの、車というものは基本的に、小さな密室だ。運転席と助手席に座っているから、自然と肩を並べることになる。少し手を伸ばせば、簡単に、触れられる距離だ。緊張するなという方が無理な話だった。

千晶の硬い声に、小さく、微笑まれたような気配だけが伝わる。神野は静かに車を走らせた。まるで氷の上を滑っているように、ほとんど振動を感じない。深夜なのに、車道には他にもたくさん車が走っている。みんな、家に帰る人なのだろうか。

晴人に返事をしなければ、とぼんやり思いながら、普段歩いて帰る道を車窓から眺めていた。

すると、ハンドルを握ったまま神野が聞いてくる。

「部屋は、ひとりで住んでいるのか」

履歴書を見た、と言っていたから、千晶がアパート住まいだということは把握しているのだろう。書類を提出する時などは、晴人に住所も借りていた。

「いえ。ともだちと……」

少し、ぎこちない言い方になってしまった。千晶にとって、晴人は、ただの友達ではない。

けれど決して、恋人でもないのだ。首を絞めたりして痛めつけてくれて、千晶に、息をしていいと許してくれる相手だ。

神野が、どんなつもりで千晶をこのように扱うのかは分からなかった。けれども、この人に、晴人のことだけは知られたくないと、そう思った。男同士で身体の関係があることさえ、抵抗を感じる人もいるのだ。自分たちの関係が、それ以上にまともなものではないという自覚は、千晶にもある。知られたらきっと、軽蔑されるだろう。

そんな思いから、やけに、口数が増えてしまう。

「高校の時からの友達なんですけど。仲が良くて、一緒に地元を出たんです。俺は通ってた学校もすぐやめちゃったけど、あっちは、ちゃんと大学も行ってて」

「きみの行っていた学校というのは、確か芸能関係の専門学校だろう。演劇をやりたいのか」

黒い車は、流れるようにすいすいと夜の国道を走り抜けて行く。淡々とした声で聞かれ、千晶は、ぐ、と思わず言葉に詰まった。確かに、高校を卒業した千晶が進学先に選んだのは、そういう学校だった。音楽やダンスなど、エンターテインメント業界を目指す人のための学科がいくつもあった。

「俺は……、その、は、俳優とか、そっちの方で」

恥ずかしくて、声が小さくなる。よく考えもせずに、周囲からすすめられるままに選んだ進学先だった。適性があるのか、そもそも、自分がほんとうにそれをやりたいのかどうかすら、千晶は考えていなかったのだ。

なるほど、と、神野は前を向いたまま頷く。

「きみの見た目なら、確かに、そちら方面でも活躍できるだろうな。うちの店にとっては有《あり》難《がた》いことだが」

アイドルになれる、と、千晶は幼い頃から、聞き飽きるほどに言われていた。主に、実の母親からだ。いつまでも少女のように潑溂《はつらつ》と元気な人で、若干、ミーハーな気があるのだろう。千晶の学校の成績がひどいものだと三者面談で教師に嘆かれた後、父親とふたりで考えたのだと伝えられた。

「おまえは頭もよくないし、要領も悪いけど、顔だけはかわいいからって……」

それを活《い》かす道が、千晶にとって最適なのではないかと、両親はそう考えた。それは、愛情ゆえのことだと、千晶も分かっていた。

生きていくだけでも息切れしそうな千晶にとって、将来のことなんて、考えることもできなかった。だから、言われるままにそちらの道を進んだ。

「けど、だめでした。ぜんぜんついていけなくて」

入学して、すぐにレッスンがはじまった。基礎体力作り、声の出し方、ダンス、演技。周りはみんな、本気でその道を目指している人ばかりだった。真剣に取り組む人に、真剣に教える人。ぼんやりと目的意識もないままに紛れ込んだ千晶は、すぐについていけなくなった。

学費の無駄になるだけだと、最初のひと月で、そう言われてしまった。親切な学校だったのだろう。

「厳しい世界なんですね。顔がちょっと良い程度じゃ、何にもならないくらい」

千晶と同じくらい、顔がきれいだったり可愛かったりする男なんて、ごまんといる。だからこそ、頭も要領もよくなければ、生き延びるどころか、とっかかりを得ることさえ難しい世界なのだ。レッスンの厳しさにも早々に音《ね》を上げた。そしてそれ以上に、人を蹴落《けお》とさなければ上に行けない、その殺伐とした空気に耐えられなかった。千晶は、あの場にいた誰よりも、気持ちが弱かった。

「学校との相性が悪かったのかもしれない。まだ、諦めなくてもいいような気もするが」

まるで、慰められているような思いになった。

神野はきっと、立派な大学を出ているのだろう。そうして、今は会社を経営している。自分の足でしっかりと歩いてきて、しっかり立っている人に聞かせるには、あまりにも根性のない、情けない話だった。遠い、と、肩だけならばほんの数十センチしか離れていない人のことを、地球一周分くらい距離があるように思った。近いように思えても、一周遅れだ。

「向いてないって、はっきり分かったから」

膝の上に置いた自分の手を見つめる。中途半端に力の入った、こぶしになりかけた丸い手は、節もなく、色も白い。まるで子どものようだ。はじめて会った時に、ハンカチ越しに触れた神野の指を思い出す。大きな、大人の男の手。

その瞬間を思い出すと、ふいに、呼吸が楽になった気がした。同時に、胸が痛くなる。いま、すぐ近くにいる人は、あのあたたかな手の持ち主なのだ。

「そうか。そうかもしれないな」

適当にも聞こえる返答だった。けれど神野が、決して適当に言ったわけではないことだけは、わけもなく伝わってきた。

「地元に帰ろうとは、思わなかったのか」

「……向こうじゃ、仕事を見つけるのも大変なので」

それらしい嘘が、自然と口をついて出る。ほんとうは、ただ単に帰りたくなかったからだ。両親や、五つ年上の兄との関係は、決して悪くない。いつでも帰ってくればいい、と言ってもらってはいる。

けれども、千晶はそれを曖昧《あいまい》にはぐらかしていた。すでに社会人になった兄には付き合いの長い彼女がいて、結婚も考えているらしい。やがてお嫁《よめ》さんになる人は千晶の両親とも仲が良いのだという。たとえ将来一緒に暮らさないのだとしても、親密な関係を築けるだろう。そんな彼らの間に自分が紛れ込むと、邪魔になってしまいそうだった。

千晶の言葉に、神野は一度、そうか、と頷くだけだった。

それからは、どちらもほとんど口を開かなかった。時折、道を聞かれる程度で、千晶はそれ以外はほとんど黙り込んでいた。

何か話したいことがあるのだと、神野は言っていた。店で食事をともにした時、あとで、と言っていたことだろうか。この期《ご》に及んでも、千晶はまだ、オーナー直々《じきじき》にクビを宣告されるのではないか、とそれを恐れていた。そうなったら、今後、どうすればこの人に会うことができるのか、見当もつかなかった。

「あ、そこの……、その先の公園の前で大丈夫です。それ以上行くと、道が狭くなるから」

千晶の間借りしているアパートは、駅から歩いて二十分ほどの住宅街にある。道案内をして、そちらの方角に向けて走ってもらっている道は、この時間になるとほとんど車が通らない。神野はゆっくりとハンドルを切って、道の端に車を停めた。

もともと静かだったエンジンが止まる。その途端、しん、と車内に沈黙が降りた。

「あの……。ありがとうございます、送ってもらって」

「いや。思ったより、すぐに着いてしまったな」

千晶は送ってもらったことに礼を言って、シートベルトを外す。もう降りなければならないのだろう、と分かってはいたけれど、名残惜《なごりお》しかった。何か、気の利いたことが言えないかと頭を使って考える。けれどさっぱり浮かばなかった。会いに来てくれたことが嬉しくて、一緒に食べたご飯が美味しかった、ということしか思いつかない。

「……もう少し、時間をもらえないだろうか」

まるで、神野も、千晶とまったく同じことを考えていたかのような間合いだった。

そんなことを言われて、嫌だと言えるわけがない。一度でいいところを、何度もこくこくと頷く。

「昨日は、変なこと言って、すみませんでした」

待ち伏せしてストーカーのような真似をした挙げ句、ひとりで意味不明なことをわめいて走り去った。謝ると、神野は、ゆっくりと千晶の方に目を向けた。

「謝らなくていい。……困惑はしたが。きみにとって、特別なことを話していたのだろう」

淡々とした声と、静かなままの表情だった。千晶は、凪いだ穏やかな水面を思い浮かべる。

「神野さん、俺に会いに来てくれたって。それは、どうしてですか」

「さあ。どうしてだろうな。俺にも分からん」

この人をあのロボットに重ね、そこに、寂しい、という感情を見た。それは他の誰でもない、千晶自身の心のあらわれだった。

それを、分かってもらえたような、そんな気がした。

「どうしても、きみに会いたかった。会って、話がしたかった」

思いもしない言葉に、全身が震えそうだった。胸の奥がざわり、と騒いで、指の先まで緊張して固くなる。昨日、神野から全速力で走って逃げた時より、心臓の鼓動が速かった。

「俺は自分の勘を信じて生きている。乗った方がいい話、聞く価値もない話。育てて守るべき店と、見切りを付けて捨てるべき店……ほんとうに必要なものは、直感で分かる」

千晶を見つめる眼差しは、まっすぐだった。間違いなどなにひとつない、と、深い自信が神野を支えていることが、何も聞かなくても分かる。

強い眼差しを向けられて、そこから目をそらすこともできなかった。まるで見据えられているような、睨み付けられているような鋭い目には、それでも確かに、千晶に向けられる情熱がひそんでいた。

まるで、愛の告白だった。それ以外の、ほかの何でもないような気がした。

「理由というほどの理由はない。けれど、きみを手放しては駄目だと、そう思った」

心臓が、痛いほど激しく音を立てている。息をするのも忘れて、千晶はただ固まっていた。

神野はふと何かを思い出したように、後部座席の方に腕を伸ばした。千晶の座る助手席のシートに手をかけられて、車の中という密室内で、さらに距離が近くなる。その一瞬、空気に蜜《みつ》を溶かしたような濃い香りが鼻先をかすめた。香水、だろうか。たった一瞬なのに、酔いそうにくらくらする。

千晶、と、囁くように低く呼ばれる。

「きみが欲しい。どうか、俺の気持ちを受け入れてくれないか」

神野が、まっすぐに千晶を見ていた。じかに受け止めたら肌が切れそうなほど、真剣な強い眼差しだった。どうか、と、懇願の言葉を繰り返すように、ふわりと香りを放つものを手のひらに与えられる。ぽかんと口を開けたまま、千晶はそれを受け取った。

見ているものと、聞こえる言葉が信じられなかった。

神野が後部座席から取り、千晶の手に渡したものは、真っ赤な薔薇《ばら》の花束だった。香水を振りまかれたような、品の良い香りが漂う。この香りだったのか、と、先ほど感じた甘い空気の正体に気付く。透明なセロファンに包まれた花束は、ちょうど千晶の顔をすっぽり埋められそうなほど大きかった。道に立つ街灯の光が、車の中にも差し込んできて、紅色の花びらを艶《つや》やかに照らしている。

「え。え、え？　花？」

理解が追いつかなかった。千晶はこれまでの人生で、花束どころか、花の一輪さえ、もらったことがない。こんな風に、まっすぐに、強い好意を伝えられたことも。

「気に入らなかったか」

「……気に入るとか、気に入らないとか、そういう話じゃなくて……」

どうすればいいか、分からなかった。

自分が気持ちを傾けてしまっている人から、ほしい、と望まれることなど、あってはならないことだと思った。そんな幸運が、千晶のような人間に、与えられるはずがなかった。

「どうすれば頷いてくれるだろうかと、秘書に相談をした。そうしたら、薔薇の花を持っていけばいいと。あとは」

あの、賢そうで仕事ができそうな眼鏡の人が、本気でそんなアドバイスをしたとは思えなかった。それを、真顔でこの人は実行しているのだ。

「……あとは？」

「それで駄目なら、預金通帳を見せろと」

千晶の反応を見て、そちらも試してみるべきだと思ったのだろうか。神野はコートのポケットから、ほんとうに通帳らしきものを出してきた。開いて見せようとしてきたので、慌てて首を振る。

「見せなくていい！　見せなくていいです」

声を上げた千晶に、そうか、と、どこか釈然としない様子ではあったものの、神野は通帳をふたたび戻す。

（この人……）

見た目は男らしく、堂々としていて、いかにも有能だ。どこか狼を思わせる鋭い目と、陰のある表情のせいで、ひとを寄せ付けない冷たい雰囲気を持っている。そんな人が見せた、思いがけない一面に、千晶はなぜか、胸が詰まった。

この人はもしかしたら、ものすごく、純粋な人なのかもしれない。

こんな立派な風貌を持ちながらも、その内面に、無防備な幼さを見た気がした。そう思うと、じわりと胸の奥が熱くなって、湿った。

（なんで、俺なんか……）

神野は灯りの乏しい中、千晶のどんな些細な表情も見逃すまいとでも言いたげに、まっすぐな目をそらさない。まったく造形の違うものであるはずなのに、千晶はやはり、あの、滅びた王国でひとりたたずむロボットのことを思う。彼に見つめられているようだった。一緒にいたい、寄り添って静かに眠りたい、と、ずっと思い続けてきた。

「ああ。そうか。俺もきみも、男だな。嫌悪感があるなら言ってくれ」

いまこの瞬間、はじめてそのことに気付いたように、神野はふとそんなことを口にした。

「……俺、女の子が苦手だから。どっちかというと、そっちの方が」

ざわざわと、胸が震える。もうこれ以上、この人の言葉を聞いていられないような気さえした。一刻も早くここを離れて逃げなければ、と、本能がそう囁く。逃げたい、怖い、と思いながらも、心の中には、望まれるままに魂まですべて差し出してしまいたい気持ちもあった。相反する感情に、心が引っ張られて裂けてしまいそうだった。ひりひりする胸に、そっと、神野に触れられた指を重ねる。

「そうか」

千晶の言葉を聞いて、神野はわずかに目元を緩めた。それまでの無表情と、ほとんど何も変わらない顔だ。それでも、この人の喜びが伝わってくるようだった。

「千晶」

低く穏やかに、名前を呼ばれる。

「……きみに、触れてもいいだろうか」

反射のように、千晶は頷いていた。頭が痺《しび》れたように真っ白で、ものを考えることもできない。

神野が腕を伸ばす。コートの生地が触れて、千晶が抱えた花束の包みが、かさりと音を立てた。

ゆっくりと時間をかけて、神野は両の手のひらで、千晶の頬に触れた。大きな手は骨張っていて、皮膚も硬い。どこにも、やわらかい部分はない。

それでも、触れる人の体温がじかに伝わってきて、あたたかかった。傷ついて血が流れていた指先を、白くきれいな布でくるんでもらった時と同じだ。この人に触れられると、世界のすべてから、守られているような気持ちになった。

「餅《もち》のようだな」

感触を楽しむように、ふにふにと手のひらで頬を押される。千晶は男としては肉付きの薄い華奢《きゃしゃ》な体型で、体質の問題なのか、いくら鍛えてもほとんど筋肉もつかない。それなのに、顔だけは丸く、そのせいでいっそう子どもっぽく見えてしまうのだ。

「返事は急かさない。断られても、そう簡単に諦める気もないが」

千晶の頬に触れたまま、神野は言った。静かな、相変わらず淡々とした声だったけれど、

ごく近い距離で千晶に向けられる目は、真摯で揺るがなかった。波立たない声の奥に、確かに激しく燃えているものがあることを教えられた気がした。

「引き留めて悪かった。……おやすみ」

触れた時と同じように、慎重にその手を外される。触れ合わんばかりに寄せられていた身体を引かれると、また花束がかさかさ鳴って、濃い香りが揺れた。

「お、おやすみなさい」

それしか言えなかった。重たい鞄を肩に引っかけて、両手で花束を抱え、車を降りる。改めて、送ってもらったことのお礼を言う余裕もなかった。助手席のドアを閉め、一度、頭を下げて、それから走ってその場から逃げた。神野がまだ、硝子越しに千晶を目で追う気配さえ感じた気がした。

(……どうしよう)

走って、細い路地に繋がる角を曲がる。心臓がばくばくと壊れそうに激しいのは、突然走り出したからではない。もうずっと、車に乗っている時からのことだった。

暗い、街灯さえも照らさないアスファルトの上に、思わず膝をついて崩れる。どさり、と重たい音を立てて、鞄が道路に転がった。けれど、花びらひとつ落とさないよう、赤い花束だけは大事に胸に抱える。

(どうしよう、嬉しい……)

あの人を、好きになってしまった。たぶん、はじめて会った、その瞬間から。

そばにいたい。あなたの隣に寄り添って、静かに眠りたい。もしかしたら、少し寂しいかもしれないあなたの心からも、その寂しさを消せるかもしれない。

あの優しいロボットのような人に、どうしようもなく惹かれる自分を、千晶はようやく認めることができた。はじめて知った、恋だった。

これが恋なら、千晶が晴人に対して抱いている感情は、いったい何だったのだろう。いまはもう、晴人の顔や声さえ思い出せない気がするほどだった。心の中には、晴人ではない、別の人がいる。きっともう、どんなに忘れようとがんばったって、そこから出て行ってくれない。

（嬉しくて、こわくて、かなしい……）

この世界に、千晶の座っていい椅子はない。たとえ空いているように見える椅子でも、それは、千晶以外の誰かのためのものだ。ずっと、そう感じて生きてきた。世界のために、千晶ができることが何ひとつないからだ。千晶はただ生きているだけで、誰かを傷つけてしまう気がした。存在していることそのものに、罪悪感と疎外感を抱き続けてきた。

そんな自分が抱くには、幸せすぎるものだった。

（神野さん。神野さん……）

壊れ物に指を伸ばすように、そっと、大切そうに触れてくれた。あの人の手に包まれた頬が、光をともされたように、ぽかぽかとあたたかい。きっとこれは、いつまでも千晶の中に残るだろう。ハンカチで守られた指先が、いまでも温《ぬく》もりを覚えて、それを忘れられないように。

（俺は、あなたが、好きです……）

暗い夜の道でひとり、香り高い花束を胸に抱いて小さく震える。恋は、恐ろしかった。

晴人はまだ起きていた。

借りたという車が、どこに停められているのか千晶は分からなかった。アパートの前の道は細いから、どこか、少し離れた場所に置いてあるのかもしれない。

いつものように、部屋からは灯りと派手な効果音が漏れている。ゲームか映画の音声だろう。できるだけ静かに玄関を閉めて、鍵をかける。

気持ちが落ち着くまで、かなりの時間を必要とした。三十分近く、あのまま道端にしゃがみ込んでいたから、身体は芯《しん》まで冷えた。けれど、心と、頬《い》はいつまでもあたたかかった。

足音をしのばせて、台所の食器棚を見る。花を飾れる容れ物を借りるつもりだった。けれどちょうどよさそうなものがない。仕方なく、ボウルを使うことにする。水を張って、そのまま、薔薇の花束を斜めにして、茎の先が水に浸るように入れる。

これで、どのくらい保《も》つだろうか。花をもらったことなんてはじめてだから、千晶にはどうすることが正解なのか分からなかった。あとでネットで調べてみよう。

晴人の顔を見る前に、バスルームに向かう。寒さに凍えながら服を脱いで、シャワーを浴びた。いつもの、梨に似た香りのシャワージェルで全身を洗う。晴人はこれがお気に入りで、ずっと同じものを使っていた。慣れ親しんだ香りに包まれると、ふわふわと浮ついた気持ちが、少しずつ落ち着いていく。

髪と身体を手早く洗って、パジャマ代わりの部屋着を身につけていると、晴人が部屋から出てきた。

「ただいま……」

タイミングを逃して、結局、晴人に返事をしていなかった。気まずい思いで千晶から声をかける。晴人はちらりとこちらに目をやっただけだった。特に機嫌は悪くなさそうだったが、千晶の方に後ろめたい思いがあるせいで、その挙動がやけに気になってしまう。

「何、これ」

晴人はボウルに活けた薔薇の花束を見ていた。あんな派手な音を聞きながら、うたた寝でもしていたのだろうか。声も眼差しも、眠たげにぼんやりしている。

「店のオーナーにもらった」

千晶は嘘をつくのが下手《へた》だ。話せるところまでは、正直に事実を述べた。変に嘘をついてそれがばれると、晴人はきっと腹を立てる。

ずっと道路にへたり込んでいたから、バイトが終わってから帰ってくるまでの時間は、いつもとそう変わらなかったはずだ。晴人の誘いを無視して神野に送ってもらったことを、知られたくなかった。

「オーナー？　なんで」

「知らない」

理由はない、と神野は言っていた。理由はないけれど、手放してはいけないと思った。そう言って、千晶にこの花をくれたのだ。もしかしたらそこにあるのは、千晶が神野に抱くような、焦がれるような気持ちとは違うものなのかもしれない。けれど、どんな思いの込められた言葉であったとしても、千晶の心に深く刺さったことだけは確かだった。

「男？」

眠そうな顔のまま、晴人は千晶を見た。それに、頷く。

「こんなのもらってどうすんだよ。そいつ、おまえのこと女だと思ってんじゃねえの」

無邪気な言葉だった。思い浮かべたことを、そのまま口にしているだけだ。晴人は、いつもそうだった。

「ま、ちゃんとした男じゃないって意味じゃ、間違ってないかもしれないけど」

やわらかく目を細めて笑っている顔には、どこにも、悪意など見あたらなかった。なのに、それを聞いて、ひやりと喉の奥が冷たくなった。

「……きれいだから、しばらく飾っとく。晴人もたまには、リリコちゃんに花でもあげたら」

喜ぶよ、と、できるだけ平坦な声を作って言う。ん、と、曖昧に同意されるだけだった。

「おやすみ」

濡れた髪を拭くために、タオルを頭から被る。顔を隠して、晴人に背を向けた。彼はそれ以上、何も言ってこなかった。いつの間にか、あんなに賑《にぎ》やかだったテレビは消されていた。しん、と重たいほどの沈黙を感じる。その静けさの中で、晴人の目が、千晶に向けられている気がした。

迎えに行く、と言われたことへの返事を送らなかった。帰宅しても、千晶はそれについて弁解できなかった。晴人が何も言わないことで、はっきり追及されるよりも、ずっと責められている気持ちになった。

その視線を振り切るように、部屋に入る。雑多なものが散らばった床を横断して、窓際のクッションまでたどり着く。ここだけが、千晶にとっての安全地帯だった。煌々と明るい蛍光灯の光から逃げるように、毛布を広げる。頭からそれを被って、クッションの上で身体を丸める。

しばらくその姿勢で、じっと息をひそめていた。やがて、足音がして、電気が消される。マットレスが軋《きし》む音と、ごそごそとそこに潜り込む気配。晴人も、ベッドに入ったようだった。

ほ、と、無意識のうちに小さく息を吐く。力が入って強張っていた肩を緩める。

(……分かってる)

いい気になるな、と、言葉以外のことで、そう言われた気がした。晴人から、ではなく、世間や世の中というような、もっと大きな存在から。

(分かってる……!)

神野が、何を考えて千晶にあんなことを言ってくれたのかは分からない。勘だと、あの人は言っていたけれど。その勘が、間違うことだってあるかもしれない。

——きみが欲しい。どうか、俺の気持ちを受け入れてくれないか。

千晶は自分が、その言葉を受けるにふさわしい存在だなんて、思い上がったりしない。神野に触れられた頰に、手を伸ばしてみる。子どものような、すべすべとした手触りの肌を、そっと自分の手のひらで包む。そうすると、大切そうに大きな手に包まれた温もりが、ふわりと蘇る。千晶の身体の、神野に触れてもらったところだけが、上等なものに生まれ変わったようにさえ思えた。

思い上がらない。いい気になんて、なったりしない。

ただこの温もりだけは、大事に、覚えていたいだけだった。

千晶がこんな風に、自分のことを嫌いになったのは、中学生になった年のことだった。

それまでは、どんな椅子にだって、平気で座れた。初恋こそ知らなかったけれど、席替えをする度に、クラスでいちばん可愛い女の子の隣になれたらいいな、と、ぼんやり淡い思いを胸に抱いたりもした。

そうでなくなったのは、クリスマスの頃だった。

中学生になった子のところにはサンタクロースが来てくれないのだと、当時もう高校生だった兄から聞かされてがっかりしていた。そのかわりお年玉の額が増えるから、欲しいものはそちらで買うしかない、と、お互いの欲しいゲームを協力して買う計画を立てた。

結局、そのゲームを買ったのかどうか、千晶は覚えていない。クリスマスもお正月も、入院して病院のベッドの上で過ごすことになったからだ。冬休みに入る直前、おたふく風邪《かぜ》を患《わずら》った。はじめは自宅で寝ていたけれど、やがて顔の腫れだけではなくて、頭痛がひどくて熱も引かず、目もうつろになっていったのだという。父親に背負われて病院に連れて行かれたところ、髄膜炎《ずいまくえん》だと診断された。

なんとなく辛《つら》かったことだけは記憶にあるけれど、その時のことはおぼろげにしか思い出せない。

ただひとつ、穏やかな顔をしていた白髪のお医者さんの、怖いひと言だけは、何年たっても耳に残って消えなかった。

――チアキくんの場合は、機能に障害が残ってしまう可能性が……。

それを聞いていた母親が、抑え切れない様子で涙を流していたことも。

――この子が、将来子どもを作ることができなくなったということですか……？

ベッドに寝たまま、千晶はそれを聞いていた。熱のせいでぼんやりして、目を閉じていた。だからふたりとも、千晶が寝ているものと思ったのだろう。深刻そうに声をひそめて、恐ろしい話をしていた。

――落ち着いてください。落ち着いて聞いてください、お母さん……。

母親が泣いているのが可哀想だった。千晶のせいで泣いているのだと、熱で苦しい頭でも、そのことがよく分かった。

――そういった覚悟も必要だという話で……。決して……。

お医者さんが必死に母親を宥めようとしていた。けれど、すすり泣く声はずっと途切れなかった。

千晶はその言葉に、ひたすら驚いた。そんなことがあるのかと、目を閉じたまま愕然《がくぜん》としていた。怖くて、とても目を開けられなかった。

千晶はごくごく普通の家庭で、ごくごく普通の子どもとして育った。それを不満だと思ったこともなかったし、そうやって、そのまま大人になっていくのだと思っていた。いずれ父親のように自分に合った職を見つけて働いて、母親のように明るく元気な人と出会って結婚する。そうして、子どもが生まれて、新しい家族を作る。平穏な、幸せな家庭に育ったからこそ、それを自分の未来だと、疑うことなく受け入れていた。

それが、一気に崩れた。もともと現実感のない、なんとなく思い描いていた未来だった。けれど、そのお医者さんの言葉によって、なんとなくの未来さえ、想像することができなくなってしまった。

病気が治って退院しても、両親はそのことに触れなかった。ただ、いつもはつまらない喧嘩ばかりしていた兄も、それ以来、千晶にどう接していいのか悩んでいるように見えた。みんな、異様に優しく感じられるようになった。自分が、熱を出す前とは何か違う生きものになってしまったせいだと思った。

誰にも相談できないまま、もやもやとした不安を抱えて日々を過ごした。そんな中、冬休みが明けて、保健の授業で、人間の性について学ぶ時間があった。

人間は男と女に分かれている。子どもの身体から成長して大人になり、パートナーとともに子どもを育《はぐく》む。それは人間としてごく当たり前な、自然なことなのだと、サッカーや長距離走の指導の時に声を張り上げるのとまったく同じ調子で、体育の先生が熱く語っていた。

千晶にはその、人間としてごく当たり前な、自然なことができないのだ。どうしたらいいか分からなかった。たとえばその時に、授業後にでもその先生に、自分が悩んでいることを打ち明けたなら話は変わったかもしれない。両親にでも、他の大人たちにでも、千晶の感じていたことを相談できたなら、こんな疎外感を引きずったまま、生きづらさを感じ続けることもなかったかもしれない。

けれど、そんなこと、大人には言えなかった。腫れ物に接するように言葉を選ぶ家族にも、誰にも。

かわりに打ち明けられたのは、その時いちばん仲の良い友人たちだった。それでも、真面目な話をするのに抵抗のある年頃だったから、深刻に悩みを抱えているのだと思われたくなかった。

——俺、こどもできないんだって。病気のせいで。

何か、少しはそちら方面にかすめる話題の中で、さりげなさを装って打ち明ける。友人たちは一瞬、ぽかんとした顔をした。ほんとうは、とても怖かった。誰かに聞いてほしかった。けれど、同時に、真面目に心から悩んでいることを、知られたくなかった。そんな思いから千晶が笑顔のままだったせいか、すぐに彼らも、にやにやと笑い返した。

——それって、やり放題じゃん。

中学生男子の発想なんて、そんなものなのかもしれない。あはは、と、その場では千晶も笑った。

けれどそれ以来、女の子が、怖くなった。

男と女が愛し合うのは、やがて子どもを授《さず》かるためだと、先生は言っていた。それが、生きものとして自然のあるべき姿なのだと。

だったらそれができない千晶は、女の子を、傷つけるだけの存在だ。やり放題して、何にも与えられないままの、男としてのできそこないだ。そう思うと、どんな女の子でも、そばに行くことさえ怖くなった。

病気になる以前から、千晶は勉強が不得意で、運動もいまひとつだった。ただ誰とでも明るく話せて、仲良くなれた。生きているのが楽しかった。

それが、なにひとつ、うまくできなくなった。人間としての規格を満たせていない不良品なのだと、自分のことをそうとしか思えなくなった。そんな自分を子どもに持ってしまった親や家族が可哀想だと思ったし、友達とも、あたりさわりのない話しかできなくなった。何もかもが怖くなって、ひとと接することに自信がなくなった。輪をかけて勉強はできなくなり、ますます、世界に不適合と言われたようになっていった。

それをはじめて救ってくれたのが、晴人なのだ。

——チアキって、痛いと、すげえ嬉しそうな顔する……。

晴人が、痛くて辛い目に遭わせてくれると、許されたような気持ちになれる。

千晶は優しいものが怖かった。だから、神野も怖い。あの人が、きれいな花とともに千晶に差し出した言葉も気持ちも、何もかもが怖かった。

寒いアスファルトの上に長い時間うずくまっていたし、その後もほとんど水と変わらない温度のシャワーを浴びて、髪もよく乾かさなかった。だから少し、熱が出たのかもしれない。寒気がして、毛布を身体に強く巻き付けて、小さくなって眠った。

いろいろなことを思い出して、深く眠れなかった。まどろむような睡眠の中、どこまで見渡しても何もない、草木が枯れ果てた荒れ地に立っている夢を見た。すぐ隣には、大きなロボットがたたずんでいる。大きな身体に、大きな黒いロングコートを着ていた。似合っている、と、彼を見上げた。

三角形の頭をぎこちなく動かし、ロボットも千晶を見た。機械の長い腕が、千晶に向けて差し出される。

「俺にくれるの?」

頷くように、頭がわずかに揺れる。ロボットは千晶に向けて、赤い花束を差し出した。荒れ果てた色のない世界で、目が痛むほど鮮やかな、赤い薔薇の花束だった。

それを受け取って、胸に抱く。

「ありがとう。大事にする」

夢の中では、笑って、お礼を言うことができた。

薔薇の花は、ベランダに出しておくことにした。バケツを買ってきて、そこに水を張って入れておいた。

部屋の中は暖房をつけるから、花にはよくないのではないかと思った。そしてそれ以上に、晴人の目に触れるところから、遠ざけたかった。

家賃も払わずに寝泊まりさせてもらっているお礼として、掃除や洗濯は千晶がしている。この寒い季節にベランダに出るのは、洗濯物を干す時くらいだ。晴人はほとんど出ない。だからそこに置いておくことにした。

晴人がいない時や寝ている時などに、ひっそりと覗き込んで、つやつやとした花びらを指先で撫《な》でている。五日たっても、薔薇の花は元気だった。水に砂糖を入れると花を長持ちさせられるとネットで知って、そのとおりにしたのがよかったのかもしれない。

(……あれ。これ)

バイトの休憩時間、千晶は事務所にあった雑誌を手に取った。先輩たちが持ち込んだ漫画雑誌の中にまじって、店長のものだろう真面目な雑誌がいくつかある。その表紙に並ぶ文字に、見覚えがあった。普段ならば、売り場の近くに寄りもしないようなビジネス雑誌だ。経済界、だとか、ベンチャービジネス、だとか、千晶には一生縁のなさそうな言葉がずらずらと並んでいる。

(神野さんの会社の名前だ)

そんな単語の中に、株式会社シゾーレ、という文字を見つけた。

千晶は神野からもらった名刺を、あの汚してしまったハンカチにくるんで、いつも大事に持って歩いている。それをそっと取り出してみて、記憶に間違いがないことを確かめた。

（あ。神野さん）

目次を探すのももどかしく、ぱらぱらと雑誌をめくっていく。人混みの中でも、特別な人の声に気付けるように、すぐにそのページを見つけることができた。

注目の人、というコーナーのようだった。見開きページの中、暗い色のスーツを着た神野の写真が載っている。インタビューの最中に撮影された写真なのか、斜め向かいに視線を向けて、軽く手を組んでいる。カメラマンの腕がいいのか、威圧感にも似た凄味がやわらいで、穏やかに見える。

神野は黙っていると無表情で怒っているように見えるけれど、ほんとうはそうではない。少し厳しそうだけれど、知的で凛々しい、涼しい美貌。いい写真だな、と千晶は嬉しくなった。思わず、そっと指先で触れた。いつまでも惚れ惚れと見ていたくなる。

細かい字で書かれたインタビュー記事にも目を落としていく。千晶は文字を読むのが遅くて、心の中で読み上げなければ理解できない。専門的な言葉はほとんど分からないながらも、ゆっくり読んでいく。

（『社長である神野自身もいくつかの店舗の経営にかかわりながらも、現在では、数年前より着手した、飲食店の再生事業に力を入れている』）

神野自身の言葉は、あまり多くない。もともとそういう記事なのか、神野の言葉が少なく、それを埋めるために記者が言葉を尽くしたのだろう。千晶の抱いていたビジネス雑誌のイメージとは少し違う、どこか詩的にも感じられるような文章が、ところどころにあらわれる。

（『彼の手にかかると、再生不可能かと思うほどに傾いた店が、驚くほどの素早さと確かさで持ち直す。瀕死かと思われたところに差し伸べられた手で、見事に蘇るのだ。そのため、業界内では彼のことをこう呼ぶものも多い』）

その文章を、千晶は無意識のうちに、声に出して読み上げていた。

「黄金の手を持った、『ミダス王』……」

それが何なのかについて、記事の中では説明されていなかった。けれど、やけに気になる言葉だった。

神野はその詩的なインタビューに、淡々と今後の展望などを答えている。経営執行報酬株式投資キャピタルゲイン、と、イメージも湧かない文字ばかりで、千晶にとってはお経のように思えた。

「チアキ、いつまで休んでんだよ！　とっくに時間過ぎてるだろ」

そこに、苛立った先輩の声が飛び込んできた。時計を見て、はっと飛び上がる。休憩の時間はもう終わっていて、十分近く過ぎていた。呼びに来た先輩に謝って、雑誌を閉じる。あとでタイトルを控えて、同じものを書店に探しに行こう、と思った。

(黄金の手……)

その言葉が、胸に残る。そっと、自分の手のひらで両頬を包んでみた。傷の多い指先が肌に触れると、かさついた皮膚が、少し痛かった。


急かさない、と言ったとおり、神野の方から返事を求めるようなことはなかった。

花束を渡されて以来、閉店までのシフトに入る日には、神野はいつも千晶を車で送ってくれる。店で食事をしたのは、最初の時だけだった。忙しいだろう人がこうして時間を割《さ》いてくれることに申し訳なく思い、送ってもらうことを断ったこともある。

——俺、女の子じゃないんだから……。送ってもらわなくても大丈夫です。神野さん、忙しいだろうし。

けれどそう言っても、何を言うのか、と、まるで呆れたような顔をされただけだった。

——別に、帰り道が心配なわけではない。それも、ないことはないが。俺がきみに会いたいだけだ。

そう言って、かすかに微笑まれた。呆れた顔も、笑い顔も、決して、分かりやすい表情ではなかったが。

──確かに、忙しい。だが、この時間にまで仕事を残すほど、無能ではないつもりだ。自分がしたいからしていることなのだ、と言われると、千晶も頷くしかなかった。そんな風に言われて、嬉しいと思う以上に、戸惑う気持ちの方が強かった。

二度目に送ってもらった時に、連絡先を聞かれた。千晶の携帯にも、神野の番号とアドレスなどを登録してもらった。けれど今のところ、千晶から何か送ったことはない。これから先も、できない気がした。

千晶はその後も、アルバイトを変わりなく続けている。すぐにでもクビを言い渡されると思っていた予想を裏切り、店長は、それらしいことは言わなかった。

千晶の方でも、この店に、もう少しいたくなった。最近では、ようやくメニューの内容も把握できたし、なにより、神野と一緒に食事をしたあの晩に食べた料理が、とても美味しかった。あれを、ひとに運べる役目を、もう少しだけつとめたいと思った。相変わらず皿を割ってしまうこともあるが、それでも、以前に比べると少しずつその数は減りつつあった。

閉店後の作業をすべて終えて店を出ると、その日も、駐車場には黒い影が立っていた。

「神野さん」

それを期待していたのか、そうでなかったのか、複雑な気持ちだった。

世界に受け入れられない、自分は優しくされるべき人間ではない、と恐怖心を抱いている千晶にとって、神野の好意は爆弾のようなものだった。差し出されるままに胸に抱き続けていては、いずれ爆発して、自分が壊れるだけでなく、周囲の人まで巻き込んで傷つけてしまいそうだった。

卑屈すぎると分かっている、決して他人には打ち明けられない不安だった。

「あれ。……車は？」

神野はいつも、黒い車の影を従えるように、駐車場に立って千晶を待っていた。今日は、その姿がない。

「壊れたんですか」

どこかおかしいところがあって、修理にでも出しているのだろうか。不思議に思って尋ねると、神野は首を振った。

「今日は、歩きで来た。きみもいつも、徒歩なのだろう」

静かな淡々とした声で、思いがけないことを言われる。

「だからその道を、一緒に歩いてみたい。地下鉄に乗るんだったな」

行こうか、と、促される。千晶は若干、あっけに取られるような気持ちで、しばらく動けなかった。

「千晶」

どうした、と、立ちつくして動かない千晶を神野が振り向く。黒いコートを着た神野の姿は、少し離れてしまうと、輪郭さえ曖昧な影にしか見えなくなる。彼の顔が見える近さまで、駆け寄った。

「……神野さんは、どうして」

休憩の時間に、事務所で見つけた雑誌のことを思い出す。あんな風に、きれいに写真を撮られて記事にされるのなんて、選ばれたほんの一部の人だけだ。

そんな人が、どうして千晶のような人間に興味を持つのか、まったく分からなかった。

千晶の、どうして、という言葉を、神野は別の意味で受け取ったようだった。

「きみが普段、どんなものを見ているのか知りたい。寒いだろう。行こう」

そうすることがごく当たり前だ、とでも言いたげに、神野は手を差し伸べた。千晶は神野の、きみが欲しい、という言葉に、頷くことも拒否もしていない。それなのに、なんのためらいもなく手を取って歩こうとする。強い人だと、改めて思った。強くて、自分に自信があると、こんな風に堂々と生きられるのだろうか。

その生き方が、羨《うらや》ましかった。

「……はい」

怖い、と思いながらも、差し伸べられた手に触れたい気持ちに抗《あらが》えなかった。

こわごわと重ねた手は冷たかった。寒いところで、千晶を待っていたせいだろうか。ちょっとだけ、と、腰が引けた状態で手のひらを触れ合わせた千晶の手を、神野の大きな指が摑まえる。冷たい手に、少しずつ千晶の温度がうつってあたたまっていく。

なぜか、泣きたいような気持ちになった。

「こんな、店のすぐ前で、誰に見られるか分からないですよ」

千晶は、どう思われようと構わない。というより、たぶん何をやっても、もう呆れられるだけだろう。

けれど神野は違う。守らなければならないものも、たくさん持っているはずだ。

「言いたい奴には、言わせておけばいい」

千晶の心配は、ばっさりと切り捨てられる。摑んだ手を引かれて、夜道を歩く。

背丈も違うし、足の長さも違う。それでも、千晶が無理なく自分のペースで歩けたのは、神野がこちらに歩調を合わせてくれたからだろう。

駅に入ると、ひとの姿がちらほらと増えてきた。千晶がそれを気にしていることに気付いたらしく、神野はそっと手を離す。ふいに自由になった手が、冷たくて寂しかった。

「……地下鉄は久しぶりだな」

意外と空いている、と、構内に滑り込んできた電車を見て神野が言う。

「いつもこんな感じですよ。通勤ラッシュの時間帯はもう過ぎてるから」

千晶の言葉に、納得したように一度頷く。

開いたドアから乗り込んで、いつものように入り口付近に立とうとする。

「座ればいい。疲れているだろう」

そんな千晶を見て、自分に気を使ったと思ったのか、神野が座席を指して促す。車内は今日も、がらがらに空いていた。ふたりが乗った車両にも、片手で足りるほどしか乗客がいない。皆、疲れた顔でうつむいていたり携帯を触っていて、どう見ても釣り合いの取れていない千晶たちの姿にも、なんの興味もなさそうだった。

「俺は……」

椅子に座れないことを告げたら、この人はどんな顔をするだろう。以前、晴人にも同じことを打ち明けたことがあった。

――はあ？　何言ってんの。

確か、そう言って終わり、だったはずだ。当然の反応だとは、千晶自身も思う。神野に同じように言われたくなかった。こくり、と一度唾《つば》を飲む。

「……すわります」

「ああ」

誰も座っていないシートにゆっくりと腰を下ろす。ふかふかで、座り心地がよさそうに見えていたオレンジ色のシートは、思ったよりも固かった。千晶を真似るように、神野も隣に腰を下ろす。

そのままふたりで、黙ったまま前を向いて座っていた。がたごとと線路を走る振動で、肩が揺れる。向かいのシートにも誰も座っていない。窓硝子には、並んで座る自分たちの姿が映っていた。

（へんなふたり）

奇妙な組み合わせだ、と、改めてそう思った。袖や裾がすり切れかけているコートに、荷物がぱんぱんに詰まった鞄を持った千晶。その隣にいる神野は、誰がどう見てもただものではない雰囲気で、色あせたオレンジ色のシートに座っている姿には、違和感しかない。決して、釣り合わない。

けれど神野は、首を千晶の方に向けて、わずかに目を細めていた。

硝子に映るその姿を、見られていることすら気付いていないように、ただまっすぐに、千晶を見つめていた。

（……へんなひと）

その視線がくすぐったくて、緊張してしまって、椅子に座っていることの居心地の悪さなんて、感じる暇もなかった。

地下鉄に乗っている時間が、だいたい三十分。そこから千晶の間借りしているアパートまでは、歩いて二十分ほどだ。車で送ってもらう時とは、倍以上時間がかかることになる。

「いつも、こんな時間になるんだな」

地下鉄を降りて、駅で別れるのかと思っていたが、神野は千晶をアパートまで送るつもりらしかった。送る、というより、ただ一緒にそこまで歩く、といった方が正確だろうか。

駅から地上に出る。ひっそりと静まりかえった住宅街の間を抜けて、千晶がいつも通っている道を歩く。神野に車で送ってもらう時とは、違う道だった。帰り道が分からなくなるのでは、と千晶は心配したが、神野の方が、その道を通ってほしいと言ってきたのだ。

「ああ、あれが公園だな」

いつも車を停める目印にしている公園を見つけたらしい。一緒に、そこより先の道に進むのははじめてだった。駅を出てから、千晶はわざと、神野と少し距離を開けて歩いていた。手を繋ぎたいと思ったけれど、それを、自分に許したくなかった。

「あれです。俺の住んでる部屋は二階の、つきあたりの……」

ほとんど会話もないまま、アパートの前までたどり着く。いつも通り、晴人はまだ起きているようだった。カーテンを閉め忘れたのか、ベランダに面した窓が剝《む》き出しのままだ。その明るい窓を指差して、神野に教える。

「友達と住んでいるんだったな。ふたりで住むには、少し狭いように見えるが」

「俺、間借りしてるから……。神野さん、すごい広い家に住んでそうですね」

「そうでもない。帰って寝るだけだから、そんな広いところに住んでも意味がない。独り身だしな。ここと、そう変わらない」

そうなのか、と頷く。独り身、という言葉を聞いて、千晶は驚くほど嬉しくなってしまった。あまり自分の話をしようとしない神野に、ずっと聞きたくて、でも聞けなかったことだった。だからそれを知れたことが嬉しくて、そうなのか、そうなのか、と、何度も何度も心の中で繰り返してしまう。

嬉しくなって、それでは帰って寝る以外には、いつも何をしているのだろうと好奇心が湧く。私生活がまったく想像できない人だった。

「もしかして、今からまた、歩いて帰るんですか」

忙しい人に何をさせたのだろう、と、千晶は謝りたい気持ちになる。

「タクシーを拾う。そんな顔をしないでくれるか」

それに気付いたのか、安心させるように言われる。どちらにしても、余計な時間とお金を使わせる気がした。

「千晶」

低い声で、囁くように名前を呼ばれる。

二歩分ほどの距離を詰められ、薄暗い中でも、はっきり表情が見える近さまで身を寄せられる。神野は、いつも別れ際にそうしているように、千晶の頬に両手のひらで触れた。

「きみの見ているものを知りたい、などと、もっともらしいことを言ったが。……なんのことはない。ただ俺が、もっと、長い時間きみと一緒にいたかっただけなんだ」

皮膚が溶け落ちそうなほど、その手を熱く感じた。そっと秘密を打ち明けるように、語られたその声も言葉も。

「それって……」

だから、車ではなく、一緒に歩いて帰ることを選んだのだろうか。そうすれば、嫌でも、道中に費やす時間は長くなる。

地下鉄の車内で、硝子に映っていた神野の姿を思い出す。幸福そうに、目を細めて千晶を見つめていた。

胸がいっぱいになって、目がくらんだ。足元が、軽くふらつく。頬に触れていた神野の手が外れ、千晶を支えるために肩に伸ばされた。

「神野さん」

そのまま、黒いコートの胸元に受け止められる。艶のある、分厚い布地が肌を撫でる。千晶はそこから離れられなかった。衝動のままに、しがみつくように額をその胸に押しつけてしまう。千晶、と、応じるように名前を囁かれ、両の腕で、きゅっと身体を抱きしめられた。

「……神野さん、俺、神野さんのために、なんにもできない。何もあげられない」

だから、こんな風にしてもらうと、苦しかった。すごく嬉しいけれど、その分、返せるものがなくて同じくらい辛い。自分がもどかしくて、それでも、この人に抱きしめられて、目眩《めまい》がするほど全身が深く満たされていくのを感じる。

掠れた声で訴える千晶に、神野は、かすかに笑みを含んだ声で答えた。

「もう、十分にもらっている」

低いその声が、ぞくぞくするほど甘い。千晶が彼を見上げようとしたその瞬間、かさかさに乾いていた唇《くちびる》に、ほんの一瞬だけ、やわらかい熱が触れた。それがすぐに離れた後、千晶の唇はわずかに濡れて湿っていた。思わず、舌の先で小さく舐《な》めて確かめる。あまりにも短い、ささやかなキスだった。

「……きみさえよければ、また今度、食事に付き合ってくれないか」

神野はそっと、千晶を支えていた腕をほどいた。微笑むその表情は、まるで、早急に近づいてしまったことを、どこか照れているようにも見えた。

「いつでも、声をかけてほしい。できるだけ、都合をつけられるようにするから」

足元がおぼつかず、立っているだけでせいいっぱいだった。かろうじて、千晶は頷くことができた。それを確認して安堵したように、おやすみ、と言って神野は千晶から離れる。

夜の闇に溶けていくように、その黒い後ろ姿が遠ざかるのを、いつまでも見ていた。

頭の芯が痺れたようで、全身、どこもかしこもあたたかかった。自分を満たしているものを深く感じるために、目を閉じて息を吐く。気を抜くと、じんわりと涙が滲みそうだった。

（……帰らないと）

胸に手を当てて、心臓の鼓動を抑えようとする。神野の姿はもう見えなくなっていた。駅のあたりまで行けば、客待ちをしているタクシーを捕まえられるはずだ。いま、どのあたりを歩いているだろうか。

そんなことを考えながら、アパートの外階段を上る。

つきあたりの部屋の扉をそっと開いた時、いつもとは空気が違うような気がした。小さな違和感を抱いたものの、先ほどの神野とのやりとりを思い出すことで胸も頭もいっぱいだった。いつものように、灯りの漏れている部屋には入らず、そのままバスルームに向かう。

温度の低いお湯でシャワーを浴びても、いつもより、身体があたたかかった。ぼんやりとしたまま着替えて、重たい鞄を引きずるように、晴人のいる部屋に向かう。

「……晴人?」

しん、と、明るい部屋は静まりかえっていた。カップ麵《めん》やお菓子の袋が散らかった床の上に、晴人が座り込んでいる。いつもはあんなに賑やかに派手な音を鳴らしているテレビが、今日はついていなかった。

静かすぎる、と、千晶はそのことにやっと気付いた。いつもなら、隣の部屋に聞こえてしまいそうなほどの大音量で、ゲームを楽しんだり深夜番組を見ているのに。今日は、千晶が帰ってきた時から、その音がしなかった。これまでに、なかったことのような気がした。不安になり、座り込んだままの晴人の元に寄る。

「どうしたの。具合悪い?　それともまた彼女と喧嘩した?」

「……チアキ」

うつむいていた晴人が顔を上げる。その顔は、感情がすべて抜け落ちたようにうつろだった。見たことのないその表情に、背筋がぞっとする。リリコちゃんと喧嘩した、と言って落ち込んでいた時にも、見せたことのない顔だった。

「ベランダのさ。あのゴミ、捨てといたから」

「ゴミ？」

千晶の顔を見て、晴人がにやりと笑った。うつろな表情にふいに浮かんだいびつな笑顔に、千晶は小さく息を呑む。立ち上がって、ベランダに続く硝子戸を開けた。

そこには、空のバケツが転がっていた。中に入れていたはずの薔薇の花束も、それを生かしていた水も、何もなくなっていた。

「ご……ゴミじゃないよ。まだ、きれいに咲いてたのに」

どうしてそんなことをしたのか、と、責めるようなつもりで晴人を振り返る。神野にもらった、大切な花だったのに。確かに、いちばんきれいに咲く時期はもう過ぎていたのかもしれない。それでもまだまだ、赤い花びらも葉も生きていたはずだった。

「もうほとんど枯れてたし。こんなとこ置いておくから、いらないんだなと思って」

「違うよ……」

部屋の中に置いておかなかったことが、そんな風に受け止められるとは思わなかった。そんなに大事なものだったなら、もっとそれなりの扱いをすればよかったのだ、と言われてしまうと、千晶には何も返せなかった。もともとここは、晴人の住む場所なのだ。

ゴミの袋はどこにあるのだろう。まだ回収されていなければ、そこから探し出せるはずだ。そう思って、立ち上がろうとした。

「なあ、チアキ」

立ち上がろうとしたその時、背後から腕を回され、晴人に抱きつかれる。背は高いけれど、薄く、どこか頼りない身体が背中に張り付く。ふわり、と梨に似た香りが漂った。それが洗い立ての自分の身体から漂うものなのか、晴人のものなのか、千晶には分からなかった。

「……さっきの男、誰？」

耳元で囁くように聞かれる。言葉を話す唇が、耳朶《じだ》をかすめた。

晴人が何を言っているのか、しばらく千晶は理解できなかった。絡みつく腕が強くて、身動きひとつできそうになかった。振り向くことが怖かった。

「さっき、って」

「ベランダのゴミ捨ててた時に、外からチアキの声が聞こえた気がしてさ。だから、隠れて見てたんだ。あれ誰？　前に言ってた、バイトしてる店のオーナー？」

見ていた。何を、など、聞けなかった。どこまで見られていたのだろう。頭から、血の気が一気に引いていくのを感じた。

無言のまま固まってしまった千晶を見て、それが返事だと解釈したのだろう。晴人は千晶の身体をぐいと引き寄せて、投げ出すように床の上に転がした。

「金、持ってそうだよな。いい相手が見つかって良かったじゃん、チアキ」

冷ややかな声で笑いながら、晴人はベランダの戸を閉める。

「あの人は、そんな人じゃない」

「黙れよ」

息を塞ぐように、手で口を覆われる。強い力で、頭がフローリングの床に押さえつけられる。潰されそうだった。

晴人だって、彼女がいるのに。惚気話《のろけばなし》だっていつも、嫌というほど聞かされた。なのに千晶が同じことをすることは、許さないというのだろうか。立場が逆になると、こんな風に怒りを見せる晴人のことが、分からなかった。

「おまえはさ。痛い目に遭わしてくれるんなら、誰でもいいんだろ。苛《いじ》められるのが大好きなんだからさ。……ほら、いまだって嬉しそうな顔しやがって」

けれど彼の言うように、千晶は心のどこかで、晴人に踏みにじられることに安堵していた。笑っている、というのなら、きっとそのとおりなのだろう。

（……やっぱり）

神野に大切なもののように扱われると、じわじわと罪悪感を覚えて、怖くなる。そっと触れられて抱きしめられて、自分が、とても悪いことをしているような気持ちになった。何もできないくせに。人間として、存在する価値さえないくせに。

だからやっぱり、優しくされるより、こちらの方が安心する。晴人の言う通りだ。

(でも)

押さえつけられた首を捻って、ベランダに続く硝子戸の方を向く。

(でも……!)

左手を、もう片方の手でぎゅっと固く握りしめる。自分が抵抗できないことは分かっていても、手の中にあるものだけは何があっても守りたかった。この手が、いまは自分自身よりも大事だった。

硝子に映る千晶の顔は、嬉しそうではなかったし、笑ってもいなかった。いまにも泣き出しそうな、自分の無力さを思い知りつつも、必死な子どものような顔をしていた。

この顔が、晴人にとっては、嬉しそうだと見えるのだろうか。そう考えると、自分を無理に抑え込もうとしている、よく知っているはずの慣れ親しんだ彼のことを、知らない人のように感じた。


もう会いたくありません、というメッセージを、何度も入力しては消した。

望もうと望むまいと、いずれ神野も千晶から離れていく。世間の人がよく言う「常識」というもので考えたなら、彼のような人が千晶にそこまで執着する理由は見つからないからだ。

（……だから、それまでは）

それまでは、この、どう呼んだらいいか分からない関係のままでいられないだろうか。そんなことを思ってしまう自分の弱さがつくづく嫌になりつつも、それでも、どうしても拒絶の言葉を送りつけることはできなかった。神野に、いつでもそのメッセージを送れるように入力した状態にしているのは、千晶にとって、やがて会えなくなる覚悟のようなものだった。お守りと同じだ。

いつか会えなくなる人だと分かっている。釣り合わないことなど、重々承知している。そう言い訳することで、世界に対して、神野と一緒にいる許しをもらった気になれた。

歩いて一緒にアパートまで帰った日以来、千晶はバイトのシフトを夕方までに変更してもらうことにした。たまたま、そちらに誰か入ってほしいと頼まれ、ぜひと千晶が名乗りをあげたのだ。

深夜帯ならば時間を作れるようだった神野も、さすがに夕方に出歩くのは難しいのだろう。習慣になりつつあった送り迎えも、ここのところは、してもらっていない。

なんとか皿の一枚も割らずに、夕方までの勤務を終える。

帰り際に、もう一度、神野の載っているあの雑誌を手に取って眺めた。書店に行ってみたら、もうすでに新しい号が出ていて、ひとつ前のこれは買えなかったのだ。

（ミダス王。……ロバ？）

帰りの地下鉄の中で、インタビュー中に出てきたその言葉を検索してみる。

すると、検索候補として「ロバ」という単語が表示された。千晶は動物が好きだ。気になって、ついそちらを入力してしまう。

（へえ。王様の耳はロバの耳、の王様のことなんだ）

うろおぼえだったが、聞いたことのある話だった。耳だけがロバになってしまった王様の名前が、ミダス王らしい。しかしそれがなぜ、神野とかかわるのだろうか。最初にそもそもミダス王がどこの誰なのか調べるという過程を飛ばしたことも忘れて、千晶は悩んだ。

（ロバ。かわいい）

ロバの画像をたくさん表示させてみる。小柄な馬、というのは間違いなのかもしれないが、千晶にはそう思えた。やや短めな足はどっしりと太く、微笑んでいるような瞳が、とても温厚そうな印象を与える。

（神野さんには、似てないな）

そんなことを思って、ひとりで笑う。相変わらず、千晶は電車内で座ることができない。立ったまま、ずっと、可愛いロバの画像をたくさん眺めていた。

電車を降りて、アパートまでの道を歩く。夕方までの勤務の日は、帰り道にもひとの姿が多く、通りに立ち並ぶ店もまだ営業している。ふと、普段は意識したこともない店の前で足が止まった。

（……ロバ？）

淡いピンク色の看板には、灰色のロバらしき生き物が描かれている。店の窓硝子の向こうには、小さなケーキがいくつも並ぶケースが見えた。つい、ふらふらと引き寄せられるように中に入ってしまう。

晴人との距離が、近頃、うまく取れなくなっていた。

喧嘩、というよりも、晴人が一方的に癇癪《かんしゃく》を起こすことはよくあった。些細なきっかけで怒らせてしまって、口をきいてくれなくなったり、部屋の鍵をかけられて締め出されたことは、何度もある。けれど、すぐに機嫌は直って、だいたいその翌日には、何事もなかったように甘えてきていた。今度は、長い。

原因は明らかに、あの日、神野と一緒にいるところを見られたことだった。これまでは、千晶がクッションを寝床にして寝ている時は、放っておいてくれた。けれど最近は、寝ていても身体を揺さぶられる。立ちっぱなしのアルバイトで疲れている千晶を乱暴に起こして、ベッドに連れ込んだり床に転がしたりする。

晴人が首を絞める強さも、少しずつ、深くなっている気がした。

あれは彼の、寂しさのあらわれではないかと、千晶はそう思う。千晶が別の誰かといる姿を見て、自分が捨てられるかもしれない、と怖くなったのかもしれない。自分自身は彼女を作って楽しくやっているくせに、人に同じことをされたら、許せないのだ。晴人はそういう人間だった。

これまでは、彼のその弱さこそが、居心地が良かったのだが。

「すみません。この、イチゴのショートケーキをふたつ」

晴人は甘いものが好きだ。笑顔の可愛らしい店員さんに、ケーキをふたつ包んでもらう。ケーキを入れる箱にも、看板と同じロバの絵が描かれていた。

神野の存在とともに、千晶がどうしようもなく彼に惹かれていることにも、晴人はもう気付いているのかもしれない。けれど千晶はまだ、晴人のもとを離れられなかった。たとえいま、晴人の元を去って神野の手を取っても、何も変えられない気がした。神野に、晴人の役割を求めてしまうだけだ。千晶はあの人に、そんな弱くて卑屈な自分を見せたくなかった。

だから、晴人からは離れられない。捨てなどしない、と、そう伝えたかった。

そう思って、一緒に食べようと思ってケーキを買った。そのつもりだったのだが。

「……あれ？　鍵……」

アパートの扉には、鍵がかかっていた。千晶は間借りしている立場なので、合鍵などは持っていない。普段なら、出かけて不在になる際は、晴人は連絡をくれる。今日は、何も聞いていなかった。インターホンを鳴らしても、何の反応もない。どうやら、まだ千晶に腹を立てているようだ。

仕方ない、と、すでにすっかり暗くなった道を戻る。近くの公園に行って、木製のベンチの上に重たいリュックを置いた。この公園は、千晶にとっての避難場所でもあった。晴人が帰るのを待つ時は、いつもここで時間を潰していた。夏などは、ひと晩ベンチの上で過ごしたこともある。

「あ。晴人。俺」

電話をしてみたら、相手はすぐに出てくれた。

「今日、どっか出かけてる?」

『……だったら何なんだよ。どうせ行くとこあんだろ、勝手にしろよ』

それだけ言って、あっという間に通話は切られた。低い、機嫌のよくない声だった。

鞄と並べて、ベンチの上に置いたケーキの箱を見つめる。灰色のインクで描かれたロバが、優しい目で千晶を見て微笑んでいた。

(せっかく買ったのに。賞味期限、今日中になってるな……)

千晶がふたつ食べても構わないのだが、分け合おうと思って買ったものだったから、そんな気にならなかった。どうしようかな、と、ベンチのぎりぎり端の方に腰を下ろす。

あの様子だと、晴人は今日は帰らないのかもしれない。どこか、夜を越す場所を探さなければ、と考える。いつものネットカフェに行こうか、と立ち上がりかけて、ふと、思い出す。

――きみさえよければ、また今度、食事に付き合ってくれないか。

触れるだけのキスのあとに、もらった言葉。

——いつでも、声をかけてほしい。できるだけ、都合をつけられるようにするから。

そんなこと、できるはずがないと思っていた。

無意識のうちに、千晶は左の指を、反対の手できゅっと握り締めていた。あの時の傷は、痕さえ残さずきれいに治ってしまった。冷たい手で、冷たい手を包んで守る。ふわりとほのかにあたたかく感じるのが、指先なのか胸の中なのか分からなかった。

微笑むロバの絵をじっと見つめる。一度だけなら、甘えてみてもいいだろうか。

寒さのせいか、指先がかすかに震える。携帯を取り、メッセージを入力する画面を呼び出す。そこには書きかけて送れないままになっていた、もう会いたくありません、という文字が残っていた。ひと文字も残さず消して、ゆっくりと、慎重に言葉を打ち込んでいった。


夜が更《ふ》けていくにつれて、だんだんと気温も下がっていく。白い息で手をあたためながら、千晶《ちあき》はじっとベンチの前に立ちつくしていた。冬でよかったと、ケーキの箱を見てそんなことを思う。冷蔵庫がいらない。

「千晶」

その人は暗い夜の公園に、ふいにあらわれた。いつもの真っ黒なロングコートを着て、まるでついさっき闇の中から出てきたようだ。

「すみません、突然呼び出して……」

よかったらケーキを食べませんか、と、迷った挙げ句、簡潔な文面を送った。なんの事情も説明しない、得体の知れない誘いだと自分でも思った。

一時間ほど待っていてほしい、と、神野《じんの》はすぐに返事をくれた。

「いや。今日はもう、帰ろうと思っていたところだ」

いつも送ってくれる時に降ろしてもらう、あの公園にいます、と千晶は送った。来てくれる、という返事をもらってからは、ずっと胸がそわそわしていた。結局、公園の入り口の方をじっと見つめて一時間過ごしてしまった。

ベンチを占領していた鞄を地面に置いて、神野のための場所を開ける。どうぞ、と千晶が勧めると、神野はかすかに驚いた顔をした。そこに乗せられたケーキの箱に気付いたようだった。

「ここで？」

ケーキを食べよう、と言っただけで、どこで、とは言わなかった。こんな寒いところで食べるなんて、おかしいだろうか。けれど、どこか別の場所に行ってもらう、などという発想は千晶にはなかった。忙しい中で時間を作ってここまで来てくれただけで、出過ぎた真似《まね》をしたように胸が痛む。

「あ。……よかったら、これ、あげるので……」

持って帰って食べてください、と小声で付け加えて、箱を手に取る。甘いものはあまり好きそうには見えないが、来てもらったお詫《わ》びに、ふたつ持っていってもらっても構わない。

「いや。ちょっと待っていてくれるか」

すぐに戻る、と言い置いて、神野は身をひるがえす。黒い後ろ姿は、夜の闇に溶けて見えなくなってしまった。

(……呆《あき》れられたかな)

もしかしたら、このまま、神野は戻ってこないかもしれない。弱気になってほんの一瞬だけそう思ったけれど、すぐにそれを打ち消す。そんな人ではないことは、知り合って間もない千晶でも分かっていることだ。

冷たくなって感覚のなくなりかけている手を擦《こす》り合わせながら、大人《おとな》しく待つ。

「遅くなったな。すまない」

やがて、最初にあらわれた時と同じように、神野が戻ってくる。両手に何か持っている、と思ったら、そのうちのひとつを差し出された。反射的に受け取り、驚いて、地面の上に落としてしまう。熱かった。

神野が渡してきたのは、あたたかい缶のコーヒーだった。すぐに戻る、と言ったのは、自動販売機にこれを買いに行ったのだろう。

「あ、す、すみません」

「手が冷えているんだろう。ずっとここにいたのか」

千晶が落とした缶を拾って、神野が自分の手のひらに包む。それからその手で、空になった千晶の手に触れた。

「……冷たいな」

予想していたよりも温度が低かったのだろう。どこか声をひそめて、神野は大きな手で、千晶の手のひらを包んだ。ただでさえあたたかい手が、缶の熱によって熱いほどだった。

「どうした」

「いえ……」

手に触れられただけなのに、どうしてこんなに、安心するのだろう。手のひらがあたたかいその手に包まれたその瞬間、ふと、肩の力が自然と抜けていた。意識していなかったけれど、いつの間にか、身体《からだ》に力を入れていたらしい。

自分がずっと緊張し続けていたことに、千晶は気付いた。空いている椅子《いす》にも座れない、息をすることにも罪悪感を覚えるようなその張りつめた感情は、もう何年も千晶に寄り添って離れない。

この人のそばにいる時だけ、それを忘れられる。だからこんなに安心して、同時に居心地が悪くなるのだ。忘れるべきではない、千晶がずっと一緒だった罪悪感さえ、忘れてしまうから。

「飲み物、ありがとうございます」

ベンチに置かれた缶を取るふりをして、さりげなく、手をほどく。ああ、と頷く神野に、千晶はロバの絵が描かれたケーキの箱を差し出した。

箱を受け取った神野は、立ったままの千晶を見ている。座らないのか、という視線に思えた。千晶がおそるおそる、ベンチの端に座ると、神野もその隣に腰《こし》を下ろす。

こんな寒い中、おかしなことに付き合わせてしまって申し訳ないと思いつつも、また一緒に同じものを食べられることが、嬉《うれ》しかった。

「神野さんって、女の人にすごくもてそう」

箱を開けて、中を覗《のぞ》き込んでいる神野を見て、千晶はつい、心に浮かんだことを口にしてしまう。飲み物を買ってきてくれたし、千晶の手が冷たくなっていることに気付いて、直《じか》に触れる前にまず自分の手のひらを熱い缶であたためた。そのスマートな気遣いは、女の人の心に刺さるだろう。

「そうでもない」

しかし神野は、それをあっさりと否定した。箱の中からショートケーキを取って、千晶にひとつ差し出す。大きな骨張った男らしい手で、可愛《かわい》らしいイチゴのショートケーキを持っている姿があまりに不釣り合いで、千晶は思わず笑ってしまった。表情が真面目《まじめ》で、見る人によっては怖い顔以外のなにものでもない顔だったから、なおさらだ。

「俺がもてたことがあるとしたら、それは俺自身じゃなくて、俺の預金通帳が好かれるだけだ」

「そんなことないと思いますけど」

以前、秘書に言われたことを気にしているのだろうか。どうも、その淡々とした様子を見る限り、神野の中ではそれはれっきとした真実として受け止められているようだった。実際に、そんな出来事があったのかもしれない。

銀紙の上に乗ったケーキを受け取り、まわりを包む透明のフィルムを剝《は》がす。フォークがないから、手で食べるしかない。

食べ物を目の前にすると、それまで忘れていた空腹を急に意識した。いただきます、と小さく呟《つぶや》いて、愛らしい上品なケーキに、お行儀悪くかぶりつく。クリームもスポンジも、間に挟まれたイチゴも、全部が甘かった。

膝《ひざ》に置いたままの缶コーヒーがあたたかい。隣を見ると、箱からもうひとつのケーキを手に取った神野が、千晶の食べる姿をじっと見ていた。静かで冷静な目に見つめられ、そうやって食べるものなのか、と観察されているような気持ちになる。

「……嫌いですか?」

なかなか手をつけないその様を見て、千晶は尋ねる。

「いや」

短く否定して、神野は千晶を真似るように、フィルムを剝がし、味見するようにケーキをひとくち齧《かじ》った。千晶のひとくちより、ずっと大きい。

「……甘いな」

齧り取られたケーキの断片を見ていると、身体がぞくりと小さく震えた。あんな風に、自分が嚙《か》みつかれて歯形を残されるところを、つい想像してしまった。甘い、というその言葉にさえ、過剰に反応してしまいそうになる。

黙々と、肩を並べてケーキを食べる。寒い冬の夜に、空気がしんと冷えた中、こんな風にこの人と一緒にいたことを、千晶はきっと一生忘れないだろう。そんな気がした。

「久しぶりに、こんな甘いものを食べた気がする。声をかけてもらって、嬉しかった」

ケーキを食べ終えて、神野が自分の分の缶コーヒーを開ける。同じ大きさの缶なのに、彼の手の中では、小さく見えた。さっきは熱くて触れもしなかった缶は、いまはちょうど良いあたたかさになっていた。手のひらで包んで、頰《ほお》に寄せる。ずっとこのままでいられたらいいのに、と難しいことを思った。千晶の冷えた頰に触れたせいか、缶はゆるやかに、少しずつ冷めていく。

「……場所は若干、不思議ではあるが。こんな寒いところで、何をしていたんだ」

どうやら、公園で待っている、と言われた時から、気になっていたらしい。

千晶は、なかなか缶の飲み口を開けられずに手こずっていた。指先が痛くなりはじめて、ようやく蓋《ふた》を開けることができる。砂糖がたくさん入っていそうな甘いコーヒーを飲むと、身体の中に光がともるようだった。

「一緒に住んでる友達が、今日はいなくて。俺、間借りしてるから、鍵とかないんです」

「締め出されたのか。こんな寒いのに？」

千晶の言葉に、神野は眉《まゆ》を寄せた。そうされると、睨《にら》まれているような気分になる。

「彼女が遊びに来る時とかも、よくあることだし……」

「今夜は、どこで泊まるつもりだったんだ」

「いつも行くネットカフェがあるから、そこに。シャワーとかも借りられるし、わりと快適ですよ」

神野はネットカフェに行ったことがあるだろうか。おそらく、ないだろう。だから、具体的にそこがどんな場所なのか、はっきりとイメージができなかったのかもしれない。険しい表情はそのままだった。

「俺は行ったことはないが、あそこは簡易宿泊所のようなものだろう。あまり、安全だとは思えないが」

どこで見知った情報なのだろうか。偏見が入っている気もしたが、神野のような人から見たら、そう思われても仕方がないのかもしれない。

「だいたい、満足に寝られる場所もないいんじゃないか」

「大丈夫ですよ」

言われたことは、確かにその通りだった。けれど千晶に限っては、普段からベッドではなく、大きめのクッションの上に丸まって寝ているのだ。だからそれに関しては、心配してもらうことではない。

「……聞き捨てならないな」

缶コーヒーはすぐに空になってしまった。ベンチの脇にゴミ箱があったので、そこに捨てる。神野の持つ缶も、すでに空だったのだろう。立ち上がって、投げるように缶を捨てた。ついでのように、ケーキの入っていた箱も捨てられる。ロバ、と、ゴミ箱の中でも微笑《ほほえ》んでいるロバの絵を、名残惜《なごりお》しく見つめていた。

そんな千晶には気付かず、神野が、地面に置いていた千晶の鞄を持ち上げる。

「来なさい」

鞄を持ったまま、神野は背を向けて、公園を出て行く。あれには、千晶の生活に必要なものすべてが入っている。だからそれを持って行かれると、追いかけざるを得なかった。

「どこに行くんですか」

いつも千晶と歩く時に比べると、ずいぶん早い歩調だった。神野は公園を出たところの、邪魔にならない道端に車を停めていたらしい。黒い車の後部座席のドアを開け、そこに千晶の鞄が詰めこまれてしまった。

「じ、神野さん」

神野が何をしているのか分からなかった。戸惑っていると、次に神野は、千晶の手を摑《つか》んだ。助手席のドアを開けられる。

「風呂《ふろ》もベッドも貸す。空調は万全だし、簡単な夜食なら出せる。料金は取らない。きみが望むなら、何泊でもすればいい」

鞄のように、有無を言わさずに乗せられることはなかった。摑むときこそ多少強引に触れてきた手は、それを詫びるように、すぐに緩んだ。

「……だから、俺の部屋に来なさい」


神野の住むマンションは、彼の会社と、千晶の働く店との中間ほどの場所にあった。地下の駐車場で車を降りて、明るい光の差し込むエントランスに招き入れられる。オートロックを解除するところを、千晶ははじめて見た。

(ぜ……ぜんぜん、似たようなものじゃない)

晴人と暮らしているアパートを見た時、神野は、自分の住む部屋も似たようなものだと言っていた。たぶん違うだろう、とその言葉を信じていなかった千晶だったが、こうして実際の場所を目にすると、何を思って神野がそのようなことを言ったのか、理解に苦しむほどだった。彼にとっては、戸建てでない住居が一括して同じ分類なのかもしれない。

床も壁も、つやつやに磨かれた大理石だ。深夜といっていい時間なのに、エントランスには煌々《こうこう》と灯りがともされていて眩《まぶ》しい。その光るような床を、神野のあとをついて歩く。逃げると思われているのか、千晶の重たい鞄は、神野の手で運ばれていた。

磨かれた床と地続きのような、きれいで広いエレベーターに乗る。地下から来たので、建物の全貌《ぜんぼう》が分からなかったが、どうやら、十五階まであるマンションらしい。神野はその、最上階の数字を押した。

「……すみません」

こんな立派な建物に住む人は、きっと神野のような、立派な人ばかりだ。そんなところに、自分のような人間が足を踏み入れてしまったことが、妙に申し訳なかった。神野に、というより、マンションそのものに謝るようなつもりで、小さく呟く。

エレベーターはあっという間に最上階に到着する。静かに、ほとんど音も立てずに扉が開いた。片手で千晶の鞄を持った神野は、もう片方の手で、千晶の背を軽く押して促した。

「謝る必要はない。きみを連れてきたのは、俺の都合だ」

「都合？」

降りた先の廊下は、しんと静まりかえっている。部屋数はそう多くないのだろう。長い廊下に対して、玄関らしき扉の数が少ない。その分、中が広いのだ。

他に住んでいる人がいるのだろうか、と思ってしまうほど廊下は静かだ。その端の扉の前で神野は立ち止まり、鍵を開ける。千晶は口を開けてそれを眺めていた。

かちゃり、と鍵が外れる音がした。入れと促すように、神野が千晶の背中を押す。あまりの現実感のなさに熱でも出そうだった。おぼつかない足で、招き入れられるままに進む。

「家に帰れないと知っていて、放置できない。こうしなければ、気になって何も手につかなくなる」

どうやらそれが、神野の言う「都合」というものらしい。千晶が何か言うより先に、神野は玄関の扉を閉めた。淡いオレンジ色の間接照明が自動でつき、ぼんやりと中を照らす。

千晶に靴を脱ぐように声をかけて、神野は手慣れた動作であちこちに灯りをつけていく。

塵《ちり》ひとつ落ちていないように見える玄関には、神野の革靴ひとつがあるだけだ。こっちの方がずっと広いのに、足の踏み場もない晴人の部屋とは大違いだった。きれい好きな母親が毎日掃除している千晶の実家でさえ、玄関はもう少し散らかっていた。

「おじゃまします……」

よく磨かれた神野の革靴の隣に、自分の履き潰したスニーカーを並べる。広い玄関に並ぶ不釣り合いなふたつの靴は、そのまま自分たちふたりの姿のようだった。

「千晶、こっちだ」

呼ばれて、声のする方に向かう。

拉致《らち》するように抱えられていった千晶の鞄は、玄関から廊下をまっすぐ行った先のリビングに置かれていた。千晶を招き入れたあと、神野は入れ違いに部屋を出て行った。どこかで何かしているらしい物音だけが聞こえてくる。

床に敷かれた灰色のラグは、踏んだ足が沈み込むほど分厚い。ソファもローテーブルも、大きなテレビを乗せた木製のラックも、すべてが黒か、それに近い色で統一されている。モデルルームか、マンションを紹介するチラシで見かける見本のような部屋だった。きれいでお洒落《しゃれ》だけれど、生活感がない。

（ほとんど寝るのに帰るだけって言ってたっけ）

そう聞いていたのも納得できる。新品のような家具に囲まれ、掃除の行き届いた清潔そうな空気の中にいると、この部屋がくつろぐ目的で使われたことは一度もないのではないか、という気さえした。

ただでさえ椅子に座るという行為が苦手な千晶が、この高そうなソファに座れるはずがなかった。そっと、カーテンが開いたままの窓辺に近寄る。

「わ……」

十五階から見下ろす町は、想像以上に小さかった。周囲に似たような高さのマンションが立ち並んでいるので、見える景色はそれほど良いわけではない。けれども、そびえたつ建物と建物の間から、遠くに賑《にぎ》やかな町の灯りが見えた。色とりどりの、小さな光の粒がたくさん光っている。

これが神野の視界なのだと、ふと、そんなことを思った。だとしたら千晶は、地面の上にいる。光輝いているわけでもないから、普通にしていたら、存在に気付かれもしなかったはずだ。

――人間じゃないみたいだ。

あの、ものすごく遠回しに、惹《ひ》かれていることを打ち明けてしまった言葉さえなければ。そう思うと、不思議だった。あれがなければ、千晶がいま、ここにこうして立っていることもなかったのだ。

「千晶」

硝子《ガラス》に張りつくようにして外を見ていると、背後から名前を呼ばれる。

「風呂を入れた。身体が冷えただろうから、先に入りなさい」

神野はまるで怒っているような顔で千晶を見ていた。睨まれているような気持ちになるが、おそらくそうではないことだけは分かった。

「その……よければ、これを着ないか」

言いながら、おずおずと手にしていたものを差し出す。窓辺から離れて、千晶は白く、ふわふわとしたものを受け取った。風呂に入れと言われたこともあって、バスタオルを渡されたのかと思った。

「パジャマ？　ですか」

ふわふわを広げる。どうやら、パジャマのようだった。真っ白でやわらかい、ふわふわのぬいぐるみのような手触りの生地だ。

突然、泊まらせてもらうことになった千晶に、神野が自分の使っているものを貸してくれるのだろうか。

ずいぶん可愛らしいパジャマを着るんだな、と千晶が思ったのが、顔に出ていたのだろう。

「新品だ。……きみに似合うだろうと思って、つい買ってしまった」

睨むような顔のまま、そんなことを言われる。千晶はただひたすら驚いた。驚いて、手の中のふわふわをじっと見てしまう。

「気に入らなければ言ってくれ。勝手なことをして、すまない」

「いえ……」

「近頃は、何を見ていても、きみのことを考えてしまう。これは好きだろうか、似合うかもしれない、気に入ってくれるだろうか……」

まっすぐで、強い眼差《まなざ》し。

「世界が、こんなに喜びに満ちて見えたことは、これまでになかった」

千晶のどんな些細な表情の変化も見逃すまいと、目を凝《こ》らされているようだった。

「か……借ります。パジャマも、お風呂も」

床に置かれていた鞄を掴み、リビングを出る。はじめて来た場所なので、どこに風呂場があるのか分からなかった。神野の声が、玄関のそばの白い扉だ、と、背中から追いかけて教えてくれる。

逃げるように、風呂場に駆け込んだ。ゆったりと広い脱衣所で、服を脱ぐ。こんなところで何をやっているんだろう、と、自分がいる場所に違和感しか感じなかった。

身体と髪を、いつもより念入りに洗った。見たこともない、ラベルに英語しか書かれていないシャンプーを使わせてもらう。一式同じシリーズなのか、ボディソープも同じ香りがする。

（……いい匂《にお》い）

自分の手首に鼻を近づけて、動物のようにその香りを確かめてみる。よく香水などの種類をあらわす時に聞く、マリン系、というのはこういう匂いではないかと、千晶は勝手に判断した。色でいうなら、薄い水色だと思った。少し冷たい、清潔な香りだ。

（好きだな。これ）

熱いお湯を張った湯船に身体を浸す。いつも、水のような低い温度でシャワーを浴びている千晶にとって、ずいぶん久しぶりの入浴だった。普通のアパートと比べると、浴槽の幅も長さも大きい。男としては小柄な千晶なら、足を十分に伸ばせるほどだった。

「……出よ」

お湯に浸かるのは心地が良い。もっとこの中にいたい、と思いつつも、座るべきではない椅子に座っている時と、同じ気持ちが胸に湧いてくる。じわじわと、わけもなく焦るような気持ちだ。幸せな気持ちになりかけて、そんな自分に、罪悪感を覚える。

風呂場を出て、身体を拭《ぬぐ》う。さすがに下着は自分のものを着て、その上に神野から渡された白いパジャマを着てみた。手で触れてみた以上に、ふわふわの生地がやわらかくて、全身が優しい感触につつまれる。これはきっと高い、と、値札を見なくても分かる。

「ありがとうございます……」

ぺたぺたと裸足《はだし》の足を鳴らして、千晶はリビングへ戻った。神野は、使われていないのではと千晶が疑ったソファに座り、タブレット端末に目を落としていた。画面には、数字が並ぶ表が映っていた。仕事をしていたらしい。店で一緒に食事をした時に似た、スーツにネクタイという格好だ。黒いコートは脱いで、無造作にソファの背にかけられていた。

「ああ。似合うな」

顔を上げて、千晶を見る。そうして、ほとんど表情の変わらない、目元と口元がかすかに動いただけの笑みを浮かべた。

それは千晶の目には、満面の笑みにも見えた。

「……すごくあったかいです。しろくまに生まれ変わったみたい」

このまま北極でも生きていけそうだと思った。正直な感想を述べると、それはよかった、

とでも言いたげに、神野はゆっくりと一度頷《うなず》いた。

「ここにあるものはなんでも好きに使ってくれれば構わない。楽にしていてくれ」

言って、ふいに神野が立ち上がる。どこへ、と聞く間もなく、立ち去ってしまった。

しばらく立ったままでいても戻ってこないので、廊下の方を覗いてみる。風呂場の方角から、水音が聞こえた。神野も、入浴しているらしい。

水の跳ねる音を聞いただけなのに、覗き見でもしたような気分になってしまった。慌てて居間に戻り、ソファではなくラグの上にじかに座る。ラックの上にリモコンを見つけたので、テレビをつけてみた。大きな画面に映ったのは、千晶が見たこともないチャンネルだった。日本人ではない人が、ひたすらに英語で喋《しゃべ》り続けている。格好や髪型がニュースキャスター風だから、どこかよその国のニュースだろうか。こんなチャンネルがあることすら知らなかった。

分からないなりに、もの珍しくてなんとなく画面を眺めていると、神野が戻ってきた。

「もっと好きな番組を見ればいい」

「俺、普段からそんなにテレビ見ないから……これはこれで、面白い気がします。何言ってるのか全然分からないけど」

「そうか」

濡《ぬ》れた髪を拭《ふ》きながら、神野は千晶を手招いた。

「千晶」

ラグの上ではなく、ソファに座りなさい、と言いたいようだった。若干、緊張しながら、高そうな革張りのソファに座る。

「……ほんとうに、似合う」

神野は白いふわふわのパジャマを着た千晶を眺めて、目を細める。自分の目に間違いがなかったことを確認して、それに満足しているようだった。近い位置に並んで座って、千晶は神野の着ている黒いパジャマが、自分に与えられたものとよく似た素材であることに気がついた。

「こ……これ、もしかしておそろいですか」

千晶の言葉に、神野は、淡々と、ああ、と頷くだけだった。つけたままのテレビから、早口の英語が流れ続ける。神野はきっと、これが聞き取れるのだろう。仕事ができて、立派な預金通帳も持っている、非の打ちどころのない人。そんな人が、顔が多少良いだけでほかに取り柄のない千晶に、お揃いのパジャマを着せて喜んでいる。変わった夢を見ているような、奇妙な気持ちだった。

そんな困惑をまったく気にしていないように、神野は千晶の頰《ほお》に、指先だけで触れた。ふわりと、先ほど風呂場で使わせてもらった水色の香りがふたりの間に漂う。頰を撫《な》でた指は硬く骨張っているのに、とてもやわらかく感じた。

「ミダス王……」

突然、その言葉を思い出す。神野のことを、黄金の手を持つ、と書いていた雑誌のインタビューが、ふいに記憶に蘇った。

「どこで聞いた」

神野はそれを聞いて、かすかに眉を寄せる。不快そうな、煩わしそうな表情だった。

「店にあった、雑誌のインタビューで……。あの、ミダス王って、ロバの王様のことなんですよね」

言ってはならないことを言ったのだろうか。不安になり、千晶はつい、余計なことを言ってしまった。黙っているべきところでいらないことを言って失敗する悪い癖が、ここでも出てしまったのだろうか。

「そうなのか」

「あれ？　検索したら出てきたんですけど」

気分を害したわけではなかったようだった。神野は拍子抜けしたような顔をして、じっと千晶の顔を見る。千晶の言ったことは、神野の予想の範疇《はんちゅう》を超えていたらしい。

「どう調べたんだ」

聞かれたので、正直に、検索候補で出てきた「ロバ」という単語を組み合わせたことを話す。出てきたロバの画像が可愛かったことまで話すと、神野は、ふ、と淡い笑みを浮かべた。

「何故いきなりそこに飛ぶんだ」

「……確かに、神野さんには似てないなとは思ったんですけど……」

王様の耳はロバの耳、の王様であることは分かっても、それがなぜ神野に関して結びつくのか、結局分からなかったのだ。改めて指摘されるまで、千晶はそのことに気付いていなかった。

「ミダス王というのは」

微笑んだまま、神野は千晶の頬に、両手のひらで触れる。はじめて出会った時に、怪我《けが》をして血を流す指に気付いてくれた。傷がこれ以上痛まないように、と、少しでも力を伝えてしまうことを恐れているような、繊細な触れ方で白いハンカチに包んでくれた手。

「ギリシャ神話に登場する、どんなものでも黄金に変えられる手の主の名前だ。俺も、詳しい理由は忘れたが。……木の枝も石も、水でさえ、触れるものすべてを黄金に変えることができたという」

「黄金に……」

抑揚のほとんどない、淡々とした声で神野に教えられる。それを聞いて、千晶はやっと、あのインタビューに書かれていたことの意味を理解した。

神野の会社は、千晶が勤めているようなレストランを経営しているだけではない。経営が傾き、潰れかけた店を立て直す、その手助けをしているのだ。再生事業、と、記事には書かれていた。そして神野が手がけた店は、皆、見違えるほどに蘇る。彼が触れたことで、まるで、石ころが黄金に変わったように。

つまり、神野の手腕が素晴らしいと誉め称《たた》える、そういう意味だったのだ。ロバは関係なかったようだ。

「俺も」

神話の中の人物を持ち出されて誉められるなど、千晶の人生では決して起こりえないことだ。とはいえ、当の本人である神野にとっては、さほど嬉しいと感じている様子でもなさそうだった。むしろ、その逆のように、千晶には思えた。

ミダス王について千晶に教えてくれる神野は、どこか寂しげにも見えた。

だから慰めよう、だとか、そういった気持ちではなかった。ただ、自分が感じたことを思ったままに口にして、それをこの人に伝えたかった。

「……俺も、神野さんに触ってもらったところが、金に変わったみたいだって思ってた」

最初に触れてもらった指先も、頬も、それから、きゅっと大切そうに抱きしめられた全身も。

「魔法みたいな手だって、ずっと……」

宝石や、貴重な石については興味も知識もほとんどない。けれど、そんな千晶でも、金がどれだけ貴重な、多くの人にとってきわめて価値のあるものかぐらいは知っている。

この人の手に触れられると、自分が、とても上等な、大切な存在に生まれ変われたような
そんな気がした。何度もその温《ぬく》もりを思い出した指先や頬は、ぴかぴかと光っているように
あたたかかった。あれは、黄金の輝きだ。

「千晶」

黙って聞いていた神野が、ふいに抑えきれなくなったように名前を呼ぶ。

いっぱいの水を満たしていたグラスが倒れてしまい、そこから水があふれて零《こぼ》れていくさまを呆然《ぼうぜん》と見ている人のような、どこか途方に暮れた表情と声だった。神野らしく、決して、分かりやすい感情のあらわれ方ではない。

それでも千晶には、自分の頬に触れる神野の手が、かすかに震えているように感じられた。

「きみがあの店を選んでくれたことを、心から、幸福だと思う」

囁《ささや》くように言われ、顔を近付けられる。やわらかい、ほんの一瞬の接触。二度目だから、キスだ、とすぐに分かった。

「……っ、ふ」

離れた唇《くちびる》を、またすぐに合わせられる。唇で唇を撫でるような浅いキスは、数を重ねるごとに、少しずつ深くなっていく。まるでどこまでなら許されるのか、手探りで慎重に求められているようだった。

「小さくて可愛い口だ。こじ開けて、乱暴に飲み込ませたくなる……」

額と額がぶつかりそうに近い位置で、まっすぐに目を見て言われる。神野の眼差しや言葉には、ためらいも迷いもない。たぶんそこには、嘘《うそ》がないからだ。きっと千晶とは、年の差以上に、これまでに経験してきたものごとやその経緯が、まったく違う。多くのことを成して、多くのものに影響を与える人だ。そんな人が、千晶を子どものような純粋さで求めてくることが、いまだに信じられなかった。

「神野さ……」

そんな後ろ向きなことを言おうとする気配を感じたのか、開き掛けた口を、また塞《ふさ》がれてしまう。はじめてのはずがないのに、まるではじめて誰かに唇で触れることを覚えた少年のように、何度も繰り返される。

「寝室にいこう」

大きな手で肩を抱かれ、ソファから立ち上がる。すっかり耳に入らなくなっていた、英語のニュース番組がぷつりと消される。

寝室、という言葉に、さすがの千晶の鈍い頭にも、それがどういう誘いなのか分かった。

——この人に、してもらえるかもしれない。

抱きかかえられるように寝室まで連れられながら、千晶はそんなことを考える。

その想像に、胸の奥が熱くなる。自分がそれを期待して、待ち望んでいることに気付く。

たぶん、いまこの時にはじめて抱いた気持ちではない。きっとはじめて神野に会った時から、ずっと心の中で祈っていたことだ。優しい、ひとりたたずむ大きなロボットのようなこの人に、寄り添って眠りたい。深くすべてを分かち合って、寂しくなくなりたい。たぶんずっと、そう願ってきた。

晴人《はると》とのことを隠したまま黙っていることや、神野が返事を急《せ》かさないのをいいことに、曖昧《あいまい》な態度のまま身体に触れてもらおうとする自分のことを、千晶はずるいと思った。神野が求めるなら、と、ためらいなく千晶を欲しいと告げた、彼のせいにしようとしている。

ほんとうは、そうやって触れてもらえれば、自分が少しだけ寂しくなくなるからだ。たった一度だけでもいいから、そんな思い出をもらえれば。

そうすれば、この先もずっと、全身に淡い黄金の光を感じて、ひとりで生きていられる。

「きみの嫌がることはしない。気持ちいいことしか……」

寝室は、居間よりも少し狭く、同じくらい殺風景だった。家具は大きなベッドが置かれているだけで、こちらも色は黒だ。寝るための部屋だから、灯りはもともと抑えられているようだ。床に置かれた丸い照明が、ぼんやりと赤みがかった白い光で、手元に不自由のない程度に室内を照らしている。

「神野さん、お、俺……」

なにか言わなければならないと思った。けれど、それを言ってしまうと、神野にもう触れてもらえなくなるかもしれない。そう思うと、言えなくなってしまった。

紳士的にベッドの上まで千晶を導いた神野は、大丈夫、と、安心させるように頷いて千晶の身体を抱く。ふわふわでやわらかいパジャマを着ているせいで、そうやって全身をきゅっと抱きしめられると、ぬいぐるみになったような気分だった。

「俺、……、っ」

抱きしめられたまま、ことんとベッドの上に倒される。上から覆い被《かぶ》さる神野の身体が、ものすごく大きく重たく感じられた。倒れた千晶の身体を受け止めて、マットレスが沈む。逃げられない、と、大きな身体に組み敷かれて、千晶ははじめて、怖い、と思った。強く両腕で抱かれて、額からこめかみ、顔の輪郭をなぞるように唇を落とされる。耳の付け根に嚙みつくように吸い付かれて、神野の腕の中で、身体が震えた。

「ひ、ぁ」

「皮膚《ひふ》が薄いんだな。肌《はだ》の色も白い……。すぐ、痕《あと》が残る」

有無を言わせないような愛撫《あいぶ》は、どこまでも優しかった。強引に与えられるようで、千晶の反応を、ひとつひとつ確かめている。気持ちいいことしかしない、と言ったとおり、少しでも千晶が嫌がる素振りを見せれば、すぐにやめるつもりなのだろう。

(こわい)

この人に、もっと触れられたい。もっと可愛がって、大切にしてほしい。自分の心の中に、それを待ち望む渇望があるからこそ、怖くなった。

たった一度だけ、と、ついさっきまでは思っていた。一度だけ思い出をもらえれば、それを大事にして生きていけると、甘く考えていた。

何事も満足にできない千晶に、そんな風に、上手《じょうず》に割り切れるはずがない。

「やだ、神野さん、嫌だ、俺」

この人に優しく、丁寧に抱かれれば、きっと千晶は一生それを忘れられないだろう。そうして、この人なしでは生きていけなくなってしまう。もう、他の誰で誤魔化《ごまか》すこともできない。

知ってしまったら、ひとりではいられなくなってしまう。それはほとんど、本能的な恐怖だった。

（怖い……！）

可愛くてやわらかくていい匂いのする女の子たちを見ていると、それだけでじわじわと息が苦しくなる。そばに行くと、それだけで傷つけてしまいそうだった。大事なはずの家族にも、アルバイト先の店の人にも、千晶が千晶であるだけで、迷惑をかけているような気持ちになってしまう。

千晶に必要なのは、優しさではない。なんの価値もない存在である千晶に、そんなものは与えられるべきではない。痛みや苦しみだけでいい。

ずっと自分をそういうものだと受け入れて生きてきた千晶にとって、神野から与えられる丁寧で優しい愛撫は、まるで精神的な強姦《ごうかん》だった。

嫌だ、と、上からのし掛かる神野の胸を押し返す。彼がどんな顔をしているのか、見られなかった。

「お、俺。彼氏がいるから」

これ以上溺《おぼ》れてしまわないよう、とっさに出た言葉だった。だから、と、神野の下から抜け出そうとする。

ずっと言わないままでいた晴人のことを、このタイミングで切り出すのは、卑怯《ひきょう》以外のなにものでもないだろう。言ってしまった、と、自分の間の悪さへの後悔と、これで神野はもう千晶のことを見放すだろう、という安堵《あんど》が入り交じって、複雑な感情に胸が痛む。

「……彼氏?」

「いっしょに暮らしてる。友達じゃないんだ……」

千晶の身体を抱き留める神野の腕は、緩まなかった。それどころか、逃がさない、とでも言いたげに、その手に込められた力が強くなる。骨が軋《きし》む音が聞こえそうだった。

「彼氏が、きみをこの寒い中、部屋に入れずに追い出すのか?」

「あ……」

神野の低い声には、明らかに、怒りが滲《にじ》んでいた。千晶は、一緒に暮らしている友達に部屋を締め出された、と正直に話してしまった。神野は、それを覚えていたのだ。

「しかも、きみはそれに慣れているようだった。彼女が来る時にはよくあることだと」決して多くはない情報量から、神野は大方のことを理解したのだろう。そんなことまで知らせるつもりはなかったのに、と、千晶は自分の考えの浅さを思い知る。

「そんな男に、きみを渡せるはずがないだろう」

強い力で抱きすくめられ、噛みつくようにキスをされる。先ほどまでの、優しく撫でるような、触れ合いの延長にあるようなキスではなかった。

「ん……!」

千晶、と、激しい口づけの合間に、低い声で名前を囁かれる。

彼氏、などという存在を持ち出したせいで、神野を煽《あお》ってしまった。そのことに気付いても、もう、翻弄《ほんろう》されるしかなかった。抵抗する力さえ入らないほど、神野の深いキスは丹念で甘く、千晶の魂ごと貪《むさぼ》られそうだった。ふわふわの白いパジャマのせいで、狼に食べられる羊にでもなったような気分だった。口を開けて、閉じられないまま身動きもできない。

「ん、んん……、っ」

千晶はキスが好きではなかった。晴人と、しかもセックスの最中にしかしたことがないけれど、ぬるぬるして、生暖かく湿った他人の唇と唇を合わせることの、何がいいのか分からなかった。だから自分からしたこともないし、したいと思ったこともなかった。どちらかというと、気持ち悪くて、嫌いだった。

頭の芯《しん》が、じんと痺《しび》れた。濡れた舌で口の中を犯され、強張ったままの千晶の舌も誘い出され、先端に歯を当てられ、噛まれる。空気が冷え切った公園のベンチで、この人に齧られたショートケーキを思い出す。甘いクリームを舐《な》めた舌が、千晶の口の中を同じように味わう。じゅく、と、身体の奥から水があふれるように、下腹が熱くなった。

「……っ！」

嫌いなはずの行為が、いまは気持ちよくて、気を抜くと意識を持って行かれそうだった。それが神野にも伝わっているのか、執拗《しつよう》に舌を絡められ、息もできないほどだった。唇と唇を合わせる。舌を舌で搦《から》め捕られ、噛みついて吸われる。どれも、何度も経験したことがあったはずなのに。

(うそだ、嘘だ、こんなに、違うなんて)

息苦しさのせいではない、理由も分からない涙が目に滲む。聞いていない、と、誰に対してでもなく、非難の声を上げたい気持ちだった。キスがこんなに気持ちのいいものだなんて、千晶は知らなかった。

(知りたくなかった。こんなの、知りたくなかった……！)

片腕で背中を抱かれ引き寄せられながら、もう片方の大きな手のひらで、後頭部を逃げられないように押さえられる。その指先は、宥《なだ》めるように千晶の髪をずっと撫でていた。暴力的にさえ思える激しい口づけと、その手の優しさが、同じ人から与えられているものだと信

じられなかった。

「ふ、ぁ、……あ……」

潤んだ視界で神野を見上げると、彼は痛ましげに眉を寄せて、そっと顔を離した。

「やめなくていい。……やめないで。……やめてください……」

自分でも何を言っているのか分からなかった。ただでさえ緩い頭が、ものを考えられなくなっていた。

こんなキスを教えたこの人が、憎いとさえ思った。

「こんなの、嫌だ。痛いのがいい。殴《なぐ》ったり蹴《け》ったり、首を、締めたり。そうやって、してください……」

「千晶」

この人に軽蔑されたくなかった。けれどもう、終わりだ。

理由はない、と、それでも千晶をほしいと求めてくれたこの人も、千晶のほんとうの姿にもう気付いただろう。自分に自信がなくて、生きることにさえ誰かの許しを得ずにはいられないほど、どうしようもなく弱い。

「……たとえきみが望んでも、俺はきみを傷つけるようなことはしない」

低い声で、神野は静かにそう言うだけだった。感情が高ぶって、子どものように小さく身体を震わせる千晶を、宥めるように胸に抱く。千晶の着ているのと同じ生地の、ふわふわのパジャマの布地が頬にやわらかく触れる。

「ごめんなさい……」

神野にも、もちろん謝りたかった。そして同時に、自分にかかわるすべての人に、謝って許してほしかった。何もしていなくても、悪いことをしたような気になる。この罪悪感と疎外感は、慕う人の胸に抱かれていても、千晶の中から完全には消えてくれない。

神野は何も言わず、千晶に寄り添って、手のひらを首筋に当てる。そうしてそのままずっと、大きな手のひらで包むように千晶の首に触れていた。

まるで、千晶の望む通りにこの首を絞める晴人の手が見えているかのように、その手が千晶に触れることがないように、守って覆い隠しているようだった。

「誰が相手でも、そんなことは、決して許さない」

神野の低い声が、小さくそう呟くのを、目を閉じて聞く。

苦しめてほしい。傷つけてほしいと、心からそう思っているはずなのに、この手が包んで守ってくれていることで、泣きたいほどの安心感を覚えた。自分がどうしたいのか、千晶にはもう、分からなかった。

晴人との関係を神野に知られてから、千晶はほとんど、神野のマンションに軟禁状態となった。

アルバイトにはこれまでどおり通っているものの、夕方までを希望していたはずのシフトは、いつの間にか閉店までの時間に変えられていた。仕事が終わって、帰ろうと店を出ると、そこに神野が迎えに来ている。半ば拉致されるように車に乗せられ、神野とともに彼の部屋に帰る。食事はマンションの中にあるカフェか、デリバリーで済ませる。そんな生活が、一週間以上も続いてしまった。

晴人からは、なんの連絡もなかった。千晶の方からは、知り合いのところにしばらく泊めてもらうから、と送った。それにも、一切、返事はなかった。

「……千晶。千晶、起きなさい。こんなところで寝たら風邪《かぜ》を引く」

遠くから聞こえていた声が、まどろんでいた千晶を揺り起こす。

「あれ……。あ、終わっちゃった……」

がばりと身を起こすと、大きなテレビはすでに電源が落とされていた。いったいどのあたりで寝てしまったのか、そんな記憶すらない。

時計を見ると、もうとっくに日付は変わっていた。映画を見よう、と持ちかけてきたのは神野だ。むずかしい映画じゃないといいな、と思いながら頷いた千晶に神野が差し出してきたのは、あの、滅びた国のロボットが登場するアニメ作品だった。

千晶がそのタイトルを口にした覚えはない。そもそも、ロボット、という発言の真意を聞かれて以来、それについての話をしたことはなかったはずだ。千晶の不十分な偏った説明から、この作品にたどり着いたのだろうか。あれこれ調べたのかもしれない、と思うと、くすぐったかった。

夜食に、と神野がテーブルの上に並べた、バゲットにチーズとハムを挟んだサンドイッチを食べながら、千晶は久しぶりにその映画を見た。そしてたぶん、お腹《なか》がいっぱいになっていつの間にか寝てしまったのだ。ロボットが登場するところまで起きていられなかった。

「面白かった。海外にもファンが多いというのも頷けるな」

千晶が寝落ちしたあとも、神野はひとりで映画を見ていたらしい。千晶はすぐにでも寝られる格好だったが、神野はまだ、仕事帰りでスーツの上着だけを脱いだ状態だった。その格好で、神妙な顔で映画を見ていたところを思い浮かべる。それを見逃したことを、勿体《もったい》なく思ってしまった。

ロボットのことをどう思ったのか、聞きたかったけれど黙っていた。

「神野さん、はじめて見たんですか」

この映画は、千晶が幼い頃から、何度もテレビで放送されていた気がする。それを、一度も見る機会がなかったのだろうか。

「ああ。うちは厳しい家だったから。教育に悪いと、テレビは一切見せられなかった」

「えっ。……すごいお家なんですね」

「別に、すごくはないが。ただ読むものでも、聴くものでも、大人が良いと認めたものしか許可されなかっただけだ。珍しい話じゃない」

神野はあまり、自分自身について話すことはない。はじめて聞くその情報の断片に、千晶はどこか切なくなった。勝手にひとさまの家庭のことを想像するのなんて失礼な話だが、それはずいぶんと、偏った、窮屈なことのように思えた。この人の鋭い顔つきの中にたまに見え隠れする、無防備な幼さの正体が、少しだけ分かった気がした。

「今度、他のやつも見ましょう。どれもいいですよ」

「そうだな。次は『となりのどろろ』にしよう。宣伝を見たら面白そうだった」

ほんの少しタイトルが間違っていたが、指摘しないでおく。

神野はもしかして、ふわふわしたものが好きなのかもしれない。泊めてもらった最初の日からずっと、千晶は神野に渡されたパジャマを借りている。いつ用意されたものなのか、毎日違うものを渡されるそのパジャマは、どれもふわふわした素材の、やわらかい布地のものばかりだった。

それを着た千晶をきゅっと抱きしめる時、神野はいつも、満足そうに深い息を漏《も》らす。

「千晶」

手招きするように、名前を呼ばれる。うたた寝してしまった千晶に、神野がかけてくれたのだろう。深緑のブランケットが身体を包んでいた。神野はそれごと、千晶を抱き寄せた。

「……、ふ」

抱きかかえて、膝の上に乗せられる。お互いに引き寄せられるように、唇を重ねる。じゃれ合いのような、軽く触れ合わせるだけのキスだ。

「きみが愛《いと》しい」

千晶の両頬に手のひらで触れて、神野はかすかに微笑んだ。

神野も、あの映画を見て、ひとりぼっちのロボットに自分を重ねただろうか。その姿に、寂しさを感じたかもしれない。まるでそれを埋めようとするように、千晶を胸に抱く。

「神野さん」

最初の晩こそ、優しく触れられることに恐慌をきたしてパニックになった千晶だったが、徐々に、それにも慣れつつあった。頭の中では、いい気になるな、思い上がるな、と囁く自分自身の声が聞こえ続けている。それでも、唇と唇を合わせて夢中になっていると、時折それが、聞こえなくなることもあった。

そのことが、怖かった。少しずつ、自分が自分でなくなっていくようだった。

「……痛くしてください。首を絞めて、息ができないくらい苦しく……」

晴人がするように、神野がその痛みを与えてくれるならいいのに。そうすれば、この人ともっと触れ合うことにも、何も恐れないでいられる。身体が壊れそうなほど乱暴に、強引に犯されて、その果てに、優しく千晶に触れるこの手で、きゅっと首を絞めてもらえたら。

そうなったら、もうそのまま、死んでしまいたいと思えるほどに幸せだろう。

「駄目だ」

けれど神野は、決して千晶のその望みには応《こた》えてくれない。

「俺はきみに、気持ちのいいことしかしたくない。きみがそれを拒むのなら、受け入れられるようになるまで待とう」

「……そんな日、来ないかもしれないじゃないですか」

千晶にとっては、とうてい、ありえない話だとしか思えなかった。それよりも、神野が千晶に呆れて去っていく方が先だろう。

子どものように口を尖《とが》らせた千晶に、神野は優しいキスを与える。

「きみには、大切にされる価値がある」

外国の言葉を聞いたように、何を言われたのか、理解できなかった。それでも、ことん、と音を立てて、その言葉が心に落ちた気がした。

角度を変えて何度も口づけられながら、背中に回した手で腰を撫でられる。

「……、っ、や……」

気持ちいいというのはどういうことか、少しずつ教えようとしているような触れ方だった。欲望をただ満たすための性急な交わりしか知らない千晶にとって、やんわりと表面だけを撫でるようなそんな触れ合いは、じわじわと弱い火で肌を内側から炙《あぶ》られているようで、もどかしい。

「……若いな」

千晶が逃れようとした気配を察したのだろう。それを許さないとでも言いたげに、引き寄せられて強く抱かれる。そんな風に近づかれると、気持ちが追いつかなくても、身体がすでに反応してしまっていることを知られてしまう。

そしてそれは、千晶だけのことではなかった。

「じ、神野さんだって……」

目を細める神野に、千晶は小声で反論する。隙間《すきま》がなくなるほどに抱きしめられると、下半身に硬くなりつつあるものが当たる。いつものように涼しい、淡々とした顔をした神野を見ていると、不思議な気持ちになるほどだった。欲しい、と望む言葉が嘘ではないことを証明されているようだ。

「どうするんですか、それ」

「……どうしような」

ふたりしかいない空間なのに、気恥ずかしくて囁くような声になってしまう。そんな千晶に、神野は鷹揚《おうよう》に、目元を緩める。

できそこないではあるが、千晶も同じ男なので、その状態に置かれたやるせなさは痛いほど分かる。けれど千晶に無理強いをせず、待つ、と言う神野だから、いまそれを千晶にぶつけることはないのだろう。申し訳なくなると同時に、耐えようとしているこの人の、もっと近くに行きたいと思った。

「お、俺……。俺に、させてください……」

何か言われるより先に、ソファから降りて神野の足元に膝をつく。そっと手を伸ばして、千晶の身体の温もりが残る神野の足に触れた。経験はあるが、自分からしようと思ったことはなかった。

「あ、あんまり、上手じゃないと思うけど。がんばるから」

「無理しなくていい」

両脚の間に入り込んで、下から見上げる千晶に、何をしようとしているのか理解したのだろう。神野はかすかに不安そうに眉を寄せた。

「無理じゃない。神野さんが、嫌じゃなかったら……」

「嫌なわけがないだろう」

いたわるような声だった。けれども確かに、そこに熱が秘められているのを、千晶は感じた。

「きみからしてくれると言われて、断れるはずがない……」

千晶、と名前を呼んで、髪を撫でられる。ご主人様に誉められた犬になったような気持ちだった。服の布地の上から、昂ぶりを見せるものに手で触れる。直に触れたくて、緊張するあまりうまく力の入らない指先で、ベルトを外して、着ているものを少しだけずらした。

「すご……」

あらわれたものの立派さに、息を吞《の》む。身体の大きい人だから、当然ここも大きいだろうと、漠然と分かってはいたが。千晶の倍はありそうだった。見ただけで、興奮してしまいそうだった。

ゆっくり時間をかけて気持ちよくしてあげたい、と思うのに、堪《こら》えられなかった。指先で包み込んで、力を入れないように撫で上げる。

「……くすぐったいな」

頭上から、ひそやかに笑う声が降ってくる。手のひらに包んだまま、神野を見上げる。目が合うと、その瞬間、手の中のものの質量が増したような気がした。それが嬉しくて、神野の顔を見たまま、先端を少しだけ、口に含む。

「……っ」

舌で先の方を舐めると、見上げたままの神野の顔が、わずかに歪《ゆが》む。千晶の頭に置かれた手に、力が入るのが伝わった。大きすぎて顎《あご》が外れそうなものを、少しずつ、口の中におさめていく。とても根元まですべては含めない。

「上手だ。……彼氏に教わったのか?」

「……、ぁ、ふ……」

口の端から、唾液《だえき》が零れる。それと、先端から少しずつ滲むものが混じって、滑りがよくなる。狭い口を更《さら》に狭めて、きゅっと締め付けるようにすると、神野の身体がふるりと震えた。

彼氏、という自分で口にしたその言葉に、神野の何かが煽られたのだろうか。違う、と答えようと上目遣いで見上げた千晶の頭を摑み、喉《のど》の奥を突かれるように腰を突き上げられた。

「ふ……！」

息苦しくて、目に涙が滲む。むせそうになりながら、歯だけは立てないように唇と舌を使う。

口をいっぱいに広げられて犯されるのが、たまらなく、気持ちがよかった。酸素が足りなくてくらくらする頭で、千晶は腕を伸ばして、すがりつくように神野の腰に手を回した。

「千晶……。小さくて、狭くて、なんて可愛い口だ……」

「っ、ん、んん、ぅ……！」

熱に浮かされたような神野の声が、低くて甘い。もっと、と、神野の腰にしがみつく。千晶が自分で動くより、神野がもっと気持ちよくなるよう、千晶の口を使ってほしかった。物になって、神野の快楽のためだけに使われたかった。どうか、と、懇願するように神野を見上げる。

「……、っ、く」

ぐ、と、千晶の頭を摑んでいた神野の手に力がこもる。その瞬間、口の中におさめたものが、膨れあがったように更に大きくなった気がした。

「は……！　あ、ぁ……」

口内に、どろりと熱いものがあふれる。喉の奥からゆっくりと大きなものを引き抜かれて、千晶は零さないよう、口の中に出されたものをすべて飲み込んだ。苦くて、熱かった。嚥下《えんか》してから、まだ硬さを十分に残している神野を、痺れた舌で搾《しぼ》り取るように舐め上げる。一滴でも、与えてほしかった。

「千晶……。千晶、こっちに」

息が上がって、うまく呼吸ができない。ぼんやりと霞《かすみ》がかかったようになった頭で、呼ばれるまま神野の膝に乗る。

「……きみが怖いほどだな」

どういう意味か聞き返そうとするより先に、力が入らない唇を、神野の唇で塞がれる。奉仕への感謝を伝えるように、大きな舌で、口内を清めるように丹念に愛撫された。

「……っ、あ、ああっ……！」

上顎をべろりと舐め上げられて、千晶は身を引く間もなく、神野の腕の中で、全身を大きく震わせた。下着の中が、じわりと生ぬるく湿る。口の中を犯されている時から、限界に近いほど昂ぶっていた。堪えきれず、そのまま、達してしまった。

「俺も、お返しをしようと思っていたんだが。……千晶は口の中が好きなんだな」

からかうように、神野が言う。全身が疲れ果てて、もう一歩も動けそうもなかった。

口で相手をくわえ込んで気持ちよくさせることも、深いキスも、晴人と何度も、していたはずなのに。それとはまったく違っていた。こんなに、癖になりそうな強い快楽を得られる行為だなんて、知らなかった。

「風呂に入ろう。今日は、もうこれ以上は何もしないから」

神野はしばらく、余韻を味わうように何もせず、力の入らない千晶の身体をただ抱きしめていた。


翌日、アルバイトが休みだった千晶は、思い切って晴人のアパートに行ってみることにした。

神野には、内緒だ。昨夜《ゆうべ》、遅くまで千晶と起きていたはずの彼は、千晶が目を覚ました時には出かけていた。外出する時はこれを使うように、と、リビングのローテーブルの上に、この部屋の鍵が置かれていた。

一度だけ、晴人のところに帰ってもいいか、神野に聞いてみたことがあった。

取りに行きたいものがあるから、と嘘をついた。もともと、身の回りのものはほとんど鞄に詰めこんでいる千晶にとって、晴人のアパートに取りに行かなくてはならないものなどない。そうやって言わなければ、神野は頷いてくれない気がしたからだ。

――必要なものがあるなら、俺が揃える。

けれど、それでも駄目だと言われてしまった。

――きみが、俺よりそいつの元にいたいと言うのなら、俺が口を出せることじゃないのかもしれない。

怒りとも戸惑いともつかない、複雑な感情が、いつもの淡々とした表情の下に透けて見える気がした。

――ただ、本音を言うなら、もう二度と近寄らせたくない。許されるなら、きみに鎖でもつけておくのだが。

最後の言葉だけは、さすがに冗談だろうとは思うけれど。

そこまで言われてしまうと、正直に、晴人の顔を見てくる、などとは口に出せなかった。

念のために、買い物に行ってきます、とメモを残して、十五階建てのマンションを出る。

建物全体に空調がきいていて、エレベーターもエントランスもあたたかい中から一歩外に出ると、途端に冷たい風が頬を冷やした。

（晴人、ごはん、ちゃんと食べてるかな……）

寒さに肩を縮めながら、そんなことを思う。晴人は実家で大事に育てられたせいか、家事というものについての意識が極端に低い。千晶が一緒に暮らすようになるまでは、週に一度、有料の家事代行サービスに依頼していたという。もちろん料金は、彼の実家の両親の支払いだ。何かに熱中すると寝食を忘れることもしょっちゅうだし、好き嫌いが激しくて、食べないものも多い。放っておくと、お菓子やインスタントの食品ばかり食べている。もっともそれは、料理のできない千晶も同じだった。

人の少ない地下鉄に乗って、道中のコンビニで、晴人の好きそうな菓子パンやカップ麵《めん》をいくつも買い込む。いっぱいに膨らんだ大きなビニール袋は、中身が詰めこまれているのに、やけに軽く感じられた。

（……いないかも）

大学に行っているかもしれないし、彼女のところに泊まっているかもしれない。千晶がいなくなったのをいいことに、部屋にリリコちゃんを連れ込んでいるかもしれない。それならそれで、構わなかった。

千晶はもう少しだけ、神野のそばにいたかった。晴人が、千晶がいなくても以前と変わらない生活を送っていることさえ確認できれば、それで満足だった。

緊張して、手が強張る。外階段を上り、つきあたりの部屋のインターホンを押す。反応はなかった。

そのことに落胆したような、安堵したような気持ちになりながら、ドアノブにコンビニで買ってきたものを入れた袋を下げておくことにした。

もしかしたら、と思い、扉に手をかけてみる。鍵はかかっていなかった。すい、と簡単に開いてしまう。

「晴人」

そっと中に滑り込んで、ものの散乱する玄関から、小声で呼びかけてみる。返ってくる声はなく、薄暗い部屋の中はしんと静まりかえっている。施錠せずに出かけてしまったのだろうか。

相変わらず不用心だな、と思い、千晶は玄関の端で靴を脱いだ。買い込んできたものを、部屋の中に置いて帰ろうと思った。できたら、元気でやっているから心配するな、と伝えるメモも書き添えたかった。

部屋の中は、少し離れている間に、雑多なものが散らかっていっそう汚れていた。どこかで何かが腐っているのか、熟しすぎた果物のような、甘ったるい匂いがする。

「……なんだ。いるなら、返事してよ」

カーテンを閉めたままの暗い部屋の中央に、瘦《や》せた人影がうずくまっていた。明るい色に染められたやわらかい髪と、薄い背中。晴人だ。

「チアキ?」

声をかけるまで、晴人は千晶が入ってきたことにも気がつかなかった様子だった。テレビを見ていたって聞こえるはずのインターホンの音さえ、耳に届かなかったようだ。

「どうしたんだ。具合悪い？」

不安になり、そばに寄る。晴人は少し、痩せたように見えた。暗い中でも顔色が良くないことは分かった。他人に警戒心を抱かせない柔和な目元が、いまは落ちくぼんで血走っている。

「チ……チアキ。チアキだ。戻ってきてくれた……」

見ているものが信じられない、とでも言いたげに、晴人は目を潤ませて、千晶に抱きついた。

「どこ行ってたんだよ。ずっと心配してたんだからな……」

湿った声で言って、存在を確かめるように手のひらで全身をぺたぺた触られた。その声には、明らかに千晶を責める響きがあった。

部屋に帰れないよう千晶を締め出したのも、その後こちらからの連絡に一切返事をしなかったのも、晴人の方だ。けれど彼の言い分では、まるで千晶が悪いようだった。

いつも、晴人はこうだった。自分が悪いことをしても、絶対にそれを認めない。彼の中では、それが真実になってしまうのだ。これまでの千晶なら、晴人の言うままに頷き、ごめん、と謝っていただろう。

けれど今は、それを認める気にはならなかった。自分でも信じられなかったけれど、晴人の身勝手さに、腹が立った。頭の片隅で、そんな自分に驚く。

「これ、食べて。たまには掃除もしなよ」

コンビニの袋を床に置いて、晴人の方に押し出す。しがみついてくる薄い身体から離れて、できるだけ、冷たく聞こえるような声を作る。

晴人は呆然としたような顔をしていた。千晶のくせに何を言うのか、とその目に罵《ののし》られている気になる。男としても、人間としても、できそこないのくせに。うつろな目が、晴人の向こうに広がる世界の声を、伝えてくるようだった。

コートのポケットに手を入れる。そこに大事にしまい込んでいた、赤い染みのついたハンカチを握り締める。

——大切にされる価値がある。

そのほんとうの意味は、まだ理解できていない。けれど、いま信じるべきは、胸の中にあるこの言葉なのだとそんな気がした。

どうせ怖いと怯《おび》えるのなら、幻覚のような世界からの声にではなく、神野の優しさに怯えたい。晴人の暗い顔を見ていて、千晶はそんなことを思った。それはまるで、ずっと存在すら忘れていた電気のスイッチを見つけたような気持ちだった。暗くて何も見つけられないと思っていた心の中を、明るく照らす方法があるのかもしれない。ともしさえ、すれば。

「俺、もしかしたら」

晴人がいなくても、晴人のやり方でなくても、大丈夫なのかもしれない。

そう言おうとしたけれど、それをはっきり言葉にして伝えることはできなかった。

「ま……待てよ。待ってくれよ、チアキ……。なんで急にそんなこと言うんだよ。おまえにまでそんなこと言われたら、俺、どうすればいいのか……」

がくり、と突然、全身の力が抜けたように晴人はその場に崩れ落ちた。

ここまで打ちのめされた様子の晴人は、見たことがなかった。まさか、今度こそほんとうに、彼女にふられてしまったのだろうか。

「彼女と何かあった？」

幼い子どもに話しかけるように、目を合わせてゆっくりと聞く。彼女、という単語に、晴人は一度、びくっと身体を震わせた。まるで、その言葉を出されることをずっと恐れていたような反応だった。

「どうしよう、チアキ。俺、どうしたらいいのか全然分かんねえよ……」

何があったのだろう。千晶は怯えた様子の晴人のそばで、彼が話してくれるのを待った。

たとえ離れても、千晶にとって晴人は憎い存在ではない。明らかに普通ではない状態の彼をこのまま放っておくことはできなかった。

「……こどもが」

やがて、黙っていることにも耐えられなくなったように、ぽつりと晴人は呟く。

「こどもができたって。彼女が」

「え……」

それはまったく、予想していなかった言葉だった。ぽかんと口を開けて、千晶は固まってしまう。

こども。晴人と、その彼女との。

言葉が出ない千晶の様子を見て、晴人はいっそう、絶望したような顔をした。どうしようもなく混乱しているらしい彼が、どんなことを言ってほしいのか、千晶には分からなかった。

千晶には、なぜ晴人がそこまで混乱して怖がるのか、すぐには理解できなかったからだ。

「……すごい。すごいね」

身勝手だ、と、苛立《いらだ》って去ろうとしていた気持ちは、すっかり消えていた。かわりに、胸の奥から、じんわりと泣きたくなるようなあたたかいものが湧き上がってくる。声が震えた。

「すごい……！」

今度は、晴人が千晶の方を見て、不思議そうな顔をしていた。

「すごいって……。なんで」

「だって、赤ちゃんが生まれるんだろ。これまでどこにもいなかった、新しい命だよ。それってすごいよ」

千晶には、もう、できないことだ。人間は成長して、大人になって、愛する人と出会って新しい命を育《はぐく》む。それが生きものとしてのあるべき姿で、自然なかたちなのだ。千晶には、永遠に手に入れられないものだった。

それを、いま晴人が得ようとしている。そのことに、純粋に、心を打たれた。

「きれいごと言うなよ。そんな、簡単に」

「きれいごとじゃない。晴人だって、リリコちゃんのこと好きなんだろ」

「それは、そうだけど……」

晴人は複雑そうな顔をする。それを見て、千晶は、彼にとっては心から喜ばしいだけのことではないのだと、ようやく気付く。確かに、実際に子どもが生まれれば、金銭面で大変なことも多いだろう。特に、晴人も彼女も、まだ大学に入ったばかりだ。彼らのような若いふたりが、育てられないから、と、せっかく授《さず》かった新しい命とお別れしなくてはならない話もよく聞く。

けれど晴人には、それを手放してほしくなかった。

「俺にできることがあるなら、何でもするから。お金だって、少しくらいなら出せる。だから……」

晴人の赤ちゃんに、会いたかった。どう言っていいのやら分からない関係の千晶だから、この先、父親になった晴人と一緒にいることはできないだろう。だからせめて、一度だけでいいから、生まれる子どもの顔を見たい。そう思った。

「チアキは、嬉しいんだな」

俺にこどもが生まれることが、と、どこかぼんやりとした声で、晴人はひとりごとのように言った。

「うん。……嬉しいよ。すごく」

心からの言葉だった。晴人はそんな千晶を、何も言わずに見ていた。その目は、暗い部屋の中でうずくまっていた時と同じだった。うつろで、怯えが滲んでいた。

浮かれていた千晶は、そのことに、気付きもしなかった。


男の子だろうか、女の子だろうか。

晴人の彼女に子どもができたと聞いてから、千晶の頭はそれ一色になってしまった。

アパートを出て、神野のマンションに帰る途中、本屋に寄った。絵が多くて、いちばん内容が易《やさ》しそうな薄い育児書を一冊買う。帰るのが待ちきれなくて、地下鉄に乗っている間も、いつものように立ったまま、その本を読んだ。

嬉しくて、浮ついた気持ちのまま、マンションのエントランスをくぐり、エレベーターに乗る。借りた鍵で部屋の扉を開け、あとはコートも脱がないで、リビングのラグの上に座り込んで、ずっと育児書を読んでいた。どのページを見ても、幸せそうな笑みを浮かべたおかあさんとおとうさんと、小さな赤ちゃんの絵や写真がある。それが千晶の目には、晴人とリリコちゃんと、それからまだ見ぬふたりの子どもとして映った。

「……千晶？」

瞬きすら忘れるほどの勢いで、のめりこんで本を読んでいた。声をかけられるまで、その人が帰ってきた気配にも気付かないほどだった。

「こんな暗いところで……本を読むなら電気をつけなさい、目が悪くなる」

神野の声に、千晶はようやく育児書から顔を上げる。言われた通り、あたりはいつの間にか暗くなっていた。カーテンを開けたままの窓の外に見える景色には、色とりどりの電気がともされている。

夢中になっていて、字が読みにくくなったことさえ、意識していなかった。

「あ……、お、お帰りなさい、神野さん」

言ってから、千晶は自分がコートを着たままであることに気付く。

「お仕事だったんですか」

「いや。病院に行っていた」

電気がついて明るくなったリビングで、神野は黒いロングコートを脱ぐ。千晶が空調もつけずに床に座り込んでいたことを咎《とが》めるように、かすかに目を細められた。

病院、という単語に、千晶は不安を抱く。どこか、具合が悪いのだろうか。この人ならば、たとえ立っていられないほどの高熱が出ても、涼しいままの顔をしている気がした。無理をしていても、千晶がそれに気付けるかと思うと、自信がなかった。

そんな気持ちが、顔に出ていたのだろう。神野は小さく首を振る。

「見舞いに行っていただけだ。身内が入院している」

「そうなんですか……」

神野は詳しいことは説明しなかった。言いたくないのだろう、と思い、千晶もそれ以上は聞かない。

「夕食がまだなら、どこかで一緒に、と思ったのだが」

そう言う神野の表情は、千晶が暗くなった部屋の中で何をやっていたのか、怪訝《けげん》に思っているようだった。

何をしていたのか、と、探るように見下ろされる。読んでいた本を、隠す間もなかった。

「……それは？」

声をかけられた時に、驚いてぱたりと本を閉じていた。明るい、気持ちをふんわりと和らげるようなピンク色の表紙には、可愛らしいイラストとともに大きな字で「はじめて赤ちゃんをもつ人のために」と書かれている。

「は、晴人に……」

一緒に時間を過ごすようになってから、何度か、千晶はとっさにその名前を出していた。

だから神野も、それが千晶の言うところの「彼氏」のことだと知っている。

名前を出しただけで、彼は眉を寄せて、気分を害したような顔をした。

「晴人の彼女に、こどもができたって聞いて……」

この場をうまく切り抜けられるような嘘を考えることなど、千晶にはできなかった。だからほんとうのことを言った。

「いつ会った」

いつものような、静かな、淡々とした声だった。けれどそこには、押し沈めたような、低い怒りが漂っていた。

「今日、昼間に、ちょっとだけ……」

「それで、そんな話を聞いてきたわけか」

二度と会ってほしくない、と言っていた、その言葉に千晶が背いたからだろうか。神野は明らかに、怒っていた。その矛先が、晴人に向けられているのか、千晶に向けられているのか、どちらなのか分からなかった。

「神野さん、俺、晴人に」

距離を取ったことで一方的に悪者にされたことを、怒ることができた。これまでのように、何もかも自分のせいだと呑み込んで受け入れるのではなく、勝手なことを言うなと、腹を立てることができたのだ。

神野に、その話を聞いてもらいたかった。彼が、大切にされる価値があるという言葉で教えようとしたのは、そういうことではないのかと思った。

けれど千晶が続けようとした言葉を、神野が遮る。そんな男の名前すら聞きたくないと言いたげだった。

「……俺にはどうしようもない男にしか思えない。確か、きみの彼氏もきみと同じ年で、学生なのだろう」

沸き立つ感情を逃すように、小さく息をつかれる。神野が示した懸念は、子どもができた、ということに対して、晴人の身分がまだちゃんとした大人でないことにあるようだ。

神野は常識も、知識も、経験も十分に持っている、立派な大人だ。この人が、どうしたらいいのか分からない、とうつろな目をした晴人の前に立ったなら、どう言葉をかけただろうか。

手放しなさい、と、言うのかもしれない。

（……嫌だ）

たとえ神野が晴人のことをよく思っていないのだとしても、そんなことを言ってほしくなかった。晴人と千晶の間にあった決して良いとはいえない関係と、生まれる子どものことは別の話だ。神野が千晶にとって特別な人だからこそ、簡単に、否定してほしくなかった。

「何故、きみがそこまで彼の肩を持つ。そんな本まで読んで、何のつもりなんだ。子どもが生まれたら、その世話でもしてやろうと？　……どこまで都合のいい役を引き受けるつもりなんだ」

理解できない、とでも言いたげに首を振られる。

「どうしてもっと、自分を大切にできないんだ」

ちがう、と否定したかった。決して、都合のいい存在であろうと思っているわけではない。

千晶はただ、晴人の子どもに会いたいだけだった。

ひと目会わせてもらって、小さな手にちょっとだけ触らせてもらって、許されるなら、抱き上げてみたかった。赤ちゃんなんて抱いたことがないから、もしかしたら、泣かせてしまうだろうか。きっと小さくて、あたたかくて、やわらかい。いまはまだ、この世界のどこにも存在していない新しい命だ。それに触れることができるかもしれない。

なんて素晴らしい奇跡だろう。千晶はこの先、そんな奇跡に立ち会えることが二度とないかもしれないのだ。

「じ、神野さんには関係ない……！」

分かってもらおうとは思わなかった。千晶の劣等感を、この人には知られたくなかった。だからこの気持ちを、説明することはできない。

投げつけた言葉は、ずいぶんわがままで、幼いものになってしまった。神野はきっと、千晶のことを思って言ってくれたはずだ。それを、はねのけるような嫌な言い方になった。

「……そうか。その通りだな」

神野は千晶の言葉に、淡々と呟く。そこに、先ほどまでに感じられた苛立ちは、もう見つからなかった。静かな、どんな感情も見せまいと決めているような無表情は、はじめてこの人に会った時に千晶が目にしていたものだった。

草ひとつ生えていない、なにもない荒野にたたずむ、大きなロボットの姿が胸に浮かぶ。関係ない、という言葉で、彼を、ひとりその寂しい場所に突き放した気がした。

「神野さん……」

謝らなければ、と口を開く。けれど、何をどう謝ったらいいのか、千晶には分からなかった。

「……食事に誘おうかと思ったが。きみも、そんな気分ではないだろう。これで何か、好きなものでも食べてきなさい」

そう言って、財布から一万円札を一枚取り出し、ローテーブルに置く。そのまま、いったんは脱いだコートを手に、神野はまた部屋を出て行った。やがて、玄関の扉が閉められる音が聞こえた。その音が、やけに耳に響いた。

(……傷つけた……)

千晶はラグの上に座り込んだまま、長い時間、身動きできなかった。空調が効きはじめた部屋はもう寒くないのに、身体がぶるぶる震えて止められなかった。ごめんなさい、ごめんなさい、と、心の中で繰り返す。可愛らしいイラストの赤ちゃんが笑う表紙の本を、ただ胸にぎゅっと抱いた。

薄くて、固くて、冷たかった。


借りていた鍵を、テーブルの上の一万円札の上に置いて、千晶は神野の部屋を出た。

今度こそ、千晶はほんとうに神野を傷つけた。もう、ここにいるわけにはいかない。そう思った。

――どうしてもっと、自分を大切にできないんだ。

神野はそう言った。千晶には、大切にされる価値がある、とも。夢のような、甘い言葉だと思った。

(……たぶん、夢だったんだ)

そう思って、自分に言い聞かせる。行く場所がない時に使う、いつものネットカフェで、古い椅子の上で膝を抱える。ずっと大切に持ち歩いてきた、いくら洗っても赤い汚れの落ちないハンカチと、神野の名刺を手に取る。名刺はすでに、紙の端が傷《いた》みはじめていた。

(明日から、どうしよ……)

しばらく、また晴人のところに泊めてもらえるだろうか。子どもが生まれるのなら、たぶん、彼女とは結婚することになるだろう。場所があのアパートでも、そうでなくても、そこに千晶の居場所はない。

もともと、いずれ自分だけで生活できるようにならなければ、と思っていたのだ。貯金ははなはだ心許《こころもと》ないが、そんなことを考えていてもどうにもならない。

神野がオーナーをつとめるあの店にも、今度こそ、もういられない。好きな店だったけれど、勤めていれば、神野が訪れる機会もあるだろう。千晶には、彼に合わせる顔がなかった。

こんな時でも、神野に触れてもらった指と頰は、いまだにその手を忘れられない。そこだけではなく、撫でてくれた髪も、抱きしめられた時に腕を回された背中も、腰も。身体中に、神野の触れた痕が残っているようだった。石ころのような千晶の命も、きっとそこだけ、黄金にしてもらえたのだろう。

だからせめて、その部分だけでも大切にしたい。

そう思うけれど、何をどうすればいいのか、千晶には分からなかった。

心の中の暗い部分をともすためのスイッチを、見つけられた気がしたのに。それを押さずに壊したのは、他でもない千晶自身だ。

(ごめんなさい……)

何もかも傷つけて壊して、台無しにする。

黒くて固い椅子に、しがみつくようにして眠る。いつも思い浮かべて、心を穏やかにしてくれるロボットのことを、今日は思い出せなかった。

翌朝は、天気が悪かった。

いまにも雨が降りそうな、厚くて黒い雲の下を歩く。ネットカフェを出なくてはいけない時間になって、とりあえず、晴人のアパートに行ってみることにした。いまの千晶には、他に、行けるところがなかった。

「晴人……」

電話をかけても出てもらえなかった。けれど、玄関の扉には、やはり鍵はかかっていなかった。

昨日と同じように、そっと戸を開けて、中に入る。一日しか時間がたっていないのに、昨日より、部屋の中が汚れているような気がした。

晴人は汚れた部屋の中、ベッドで眠っていた。悪い夢でも見ているのか、苦しそうな顔をしている。

昨日はよく見られなかった顔を、寝ているのをいいことに、じっと見つめる。

頬がこけて、明らかに痩せた。ちゃんと食事してるのかな、と床を見ると、昨日、千晶が置いていったコンビニのビニール袋が、帰ったときと同じ場所にあった。手をつけられていない様子だった。

（……俺が、いなかったから？　そんなわけないか）

千晶は自分のことを、そこまで重要な存在だなどと自惚《うぬぼ》れない。千晶にとって晴人は、生きづらいこの世界で息をすることを許してくれる人だった。けれど晴人にとっては、ただなんとなく一緒にいる相手だろう。男同士のセックスには女の子を相手にする時のように気を使わなくて楽だ、とよく言われた。プライドが高いから、千晶から離れようとすれば腹を立てる。けれどそれは、千晶を失いたくないからではなく、自分が邪険にされることが許せないだけだ。それぐらいの、いなければいないで構わない存在なのだろうと思っていた。

ましてこれからは、可愛い彼女と、ふたりの間に生まれる子どもと一緒に暮らすのだ。千晶のことなんて、きっとすぐに忘れるだろう。

千晶も、そんな風に神野のことを忘れられるだろうか。むずかしい気がした。けれどもともと、千晶は普通に生きようと思うだけでいっぱいいっぱいなのだ。神野のことを忘れられずに苦しむのなら、それはただ苦しいだけではない。この指や、触れられた頬とは、ずっと一緒にいられる。

思い出して寂しくなるのは、ほんのわずかな間でも、ひとりではなかったからだ。

（俺も、どうにかして、生きていかないと……）

神野にもう会えなくなって、晴人とも離れる。そうなっても、今度はひとりで、頑張ってみたかった。息苦しくても辛くても、そうして生きることが、せめてもの、神野を傷つけて振り回してしまったことのつぐないになればいい。

音を立てないように床の上に座る。千晶が使っていたクッションは、部屋から消えていた。薔薇《ばら》の花束と同じで、もういらないと思われて捨てられたのかもしれない。花にも、クッションにも、謝りたかった。みんな、千晶にかかわったせいで、大事にされずに捨てられてしまった。

かなしい気持ちになってきたので、重たい鞄から、昨日買った育児書を取り出す。にこにこ笑う赤ちゃんの写真を見ていると、千晶も嬉しくなった。

しばらく、暗い部屋の中で、夢中になってその本をめくっていた。書かれていることを読んでも、内容はほとんど頭に入らない。けれど、まるでそれから目を離したら息ができなくなるような、そんな気持ちになっていた。千晶だけ水の中に全身浸されて溺れているようだった。これから会えるはずの、晴人たちの赤ちゃんのことを考えていると、息ができる気がする。自分を楽にするためだけに、千晶は必死にページをめくり続けた。

「……チアキ?」

夢中になってのめりこんでいると、晴人が目を覚ましたようだった。夢を見ているのか、と、疑うような声で名前を呼ばれる。重たげに身体を起こして、じっと千晶に目を向ける。

「勝手に入ってきて、ごめん。晴人、今日は学校行かなくていいの?」

若干、気まずい思いで、早口になってしまった。晴人はどこかまだぼんやりとした顔で、ああ、と曖昧に頷くだけだった。

「何か、食べよっか。昨日買ったパンあるし」

言いながら、千晶は床に置かれたままのビニール袋を探る。菓子パンをいくつも出してきて、晴人に差し出す。

「……なんだよ、それ」

メロンパンとクリームパンと、生クリームの入ったメロンパンには目もくれず、晴人は別のものを見ていた。ついさっきまで、夢の続きを見ているようなぼうっとしていた顔が、突然、険しい表情に変わる。

「あ、これ……。昨日、帰りに買ったんだ。嬉しくて、ずっと読んでた」

彼が見ていたのは、千晶が読んでいた育児書だった。パンを床に置いて、千晶はその本を手に取る。

「晴人も読む？　名前のつけ方とか、面白かったし、参考に……」

「……勘弁してくれよ」

吐き捨てるような、冷たい声だった。晴人はベッドから降りて立ち上がり、座ったままの千晶を見下ろす。晴人はその顔に、はっきりと、嫌悪感を浮かべていた。

「何考えてんだよ、おまえ。……なんでおまえが勝手にそんな張り切るわけ？」

こんなもの、と、晴人は千晶が差し出そうとしていた本を、乱暴に奪い取った。

「気持ち悪いんだよ、おまえのそういうところ……！」

腹が立って仕方がなくて、その気持ちをぶつける先を見つけたように、晴人はその薄い育児書を両手で掴み、勢いよく割《さ》いた。びりびりと音を立てて、本が半分にされる。それだけでは気がすまないのか、床に落とした本の残骸を、裸足の足で踏みつけた。ピンク色の優しい表紙に描かれた、笑顔の赤ちゃんが何度も踏まれる。

「や、や……、やめて、やめてよ、晴人……」

千晶はしばらく、言葉が出ずに身体も固まってしまった。ようやく出た声は、みっともなく震えていた。

「そんなことするなよ。かわいそうだ、やめてよ……」

声と同じように震える手を伸ばして、踏まれていた本を拾い上げる。胸が痛くてたまらなかった。哀しくて、瞬きをするだけでも涙が零れてしまいそうだった。びりびりに破られた本を、すべて拾って集める。目と鼻の奥が熱い。涙を堪えて紙の束を拾い上げる千晶を、晴人は何も言わずに見ているだけだった。

「出てけよ。他の誰のところでも、勝手に行けばいいだろ」

冷たい声で吐き捨てられる。言われなくても、もうこの場にいられなかった。重たい鞄を片手に引っかけて、もう片方の手で破られた本を抱いて、千晶はのろのろと晴人の部屋を出

た。

「う……」

ばたんと扉を閉めた途端、ぶわりと目に涙があふれた。胸が痛くて、どうしようもなかった。

ほんとうに立派な男なら、こんな時でも、泣かないだろうか。ぽろぽろと落ちる涙を止められないまま、千晶はアパートを離れる。

足は自然と、近くの公園に向かっていた。天気が悪いせいか、時間のせいか、ひとの姿はなかった。

神野と並んでケーキを食べたベンチの上に、抱きかかえていた本の残骸を乗せる。鞄も千晶も、地面の上だ。

「ご、ごめん……。ごめん、ごめんなさい……」

破られた表紙に向かって、何度も謝る。踏みにじられて皺《しわ》になってしまった紙を、指でなぞって、どうにか元の通りに戻そうとする。けれど、どれだけ撫でても、痛めつけられた紙は元に戻らなかった。

「俺のせいで。俺のせいで……」

この本は、千晶にとってただの本ではなかった。これから会えるかもしれない、もしかしたら抱き上げることもできるかもしれない、まだ見ぬ新しい命そのものだった。それは晴人とその彼女の間に育まれるものだけではなく、すべての赤ちゃんそのものの象徴だった。もしかしたら、決して会うことのできない、千晶の血をわけた小さな命だったかもしれない。

小さくて、やわらかくて、何よりも大事にしなくてはいけないものだ。それを、こんな風に痛めつけて、ぼろぼろにしてしまった。晴人が怒ったのは、千晶のせいだ。気持ち悪い、と吐き捨てられた声が、いつまでも耳に残って消えない。

——そんな本まで読んで、何のつもりだ。

神野は、このことを言いたかったのかもしれない。千晶は、関係がないのに。無関係の人間が、自分たち以上に張り切っているその姿は、きっと異様なものだったのだろう。

千晶だけが、それを分かっていなかった。だからそのせいで、この本も、傷つけられてしまった。

「ごめんなさい」

もう、その言葉しか出てこなかった。千晶が千晶でいるだけで、すべてのものを傷つけてしまう気がして、息をするのも苦しいほどだった。

なにが、ひとりで頑張って生きる、だ。少し前の、楽観的に過ぎた自分を心の中で罵る。そうやって調子に乗っていたことを、世界に叱《しか》られた気がした。確かに、いい気になっていた。勘違いしていた。でも、何も、こんなやり方で思い知らせなくてもいいのに。

「ごめんなさい、神野さん……」

破られてぼろぼろにされてしまった紙の束には、いくら謝っても届かない。ならばせめて、神野に謝りたかった。こんな千晶にも、ありあまるほどのものを与えようとしてくれた。会いたくない、顔を合わせられない、と思う以上に、ごめんなさいと謝りたくてたまらなかった。

ぽつり、と、頭にひとつぶ、水滴が落ちてきた。すぐに、ふたつ、みっつ、とその数が多くなる。朝から降りそうだった天気が、ついに持ちこたえられなくなったらしい。

う、う、と、みっともなく嗚咽《おえつ》を漏らしながら、本のかたちを失った紙の束を集める。この上、濡らしてしまうのは嫌だった。雑多なものを詰めこんだリュックに入れるのも可哀想で、コートを脱いで、本だったものを胸に抱く。その上に、またコートを羽織《はお》った。

あっという間に激しさを増した雨は冷たく、すぐに全身がずぶ濡れになる。身体が冷えていく中、それでも千晶は胸に紙の束を抱いたまま、その場から動けなかった。

濡れたせいで、泣いている顔だけは誤魔化せる。地面の上に座り込んでうつむいたまま、千晶はじっと、その場で雨がやむのを待っていた。

「……千晶」

ざあざあと降る雨音の中、聞こえてきた声は、錯覚だと思った。

「千晶、立ちなさい」

ふ、と、突然、頭上に降り注いでいた雨がやむ。名残のようにぽたぽたと前髪の先から滴《しずく》が零れ落ちる。寒さに固まった首をぎこちなく動かして、千晶は声の聞こえる方を見上げた。

「神野さん……」

黒い影のように、身体の大きな人が立っていた。手にした、千晶に差し掛けている傘もやはり黒い。

「きみの彼氏のアパートに行くところだった」

神野は千晶の腕を取って立たせようとする。

「……その前にふと思いついて、こちらに立ち寄ってみた。勘というものはやはり馬鹿にできないな。立ちなさい、帰ろう」

千晶が羽織るようにコートを着て、その下に何かを抱えていることには気付いただろう。けれど、何も言われなかった。

「く……車が汚れます。俺、大丈夫だから……」

雨で濡れたし、地面の上にいたから、千晶も靴もどろどろに汚れていた。あんなきれいな車を汚してしまう。これ以上、何かを損ないたくなかった。

「汚れたら洗えばいい。それだけだ」

短く言って、神野は千晶の手を引く。冷たい雨の中で濡れた千晶が触れるには、神野の手はあまりに熱かった。雨に濡れただけで、泣いてなどいない振りをしようとしたのに、目蓋《まぶた》の奥が痛くなって、じわじわと涙が込み上げてきそうになる。

この人に謝りたい、と思った気持ちは、決して嘘ではなかったはずだ。それでも、実際にこうしてそばにいると、それもただの言い訳だったような気さえした。謝るより、頭を下げるより、何よりも先に、千晶はただ、神野に会いたいだけだった。

大きな傘でも、男ふたりを雨から守ることはできない。神野は自分が濡れるのにも構わず、千晶の方に傘を向けていた。手を引かれて公園を出て、押し込むように車に乗せられた。

やわらかい、座り心地の良い座席に、身体を小さくしておさまる。座る部分も足元も、濡れて、泥で汚れてしまう。寒いのと、それが恐ろしいのとで、千晶はぶるぶると震えていた。

シートベルトを、と言われ、のろのろと身につける。ほとんど音も立てずに、静かに車は走り出した。千晶は抱えていた、破られた育児書をコートの中から取り出す。神野が、車を走らせながらちらりとそれに目をやったような気がした。

「濡れてないところに、置いてもいいですか……」

震える声は、自分の耳に届くかどうかも怪しいほど小さかった。赤信号で車を停止させた神野が、千晶の手からそれを受け取る。身を捻って、後部座席の方に置いてくれた。

「連絡がつかなかったから、心配していた」

彼が前を向き直しても、信号はまだ赤のままだった。静かな声で言われたことに、千晶はまたうつむく。

「携帯、見てなかった。ごめんなさい」

「謝らなくていい。……アルバイトを休んだだろう。体調が悪いと聞いているが」

行かなくては、と思ったものの、どうしても身体が動かなくて、欠勤することを連絡していた。迷惑をかけたと申し訳なく肩を縮める。

神野は千晶のシフトを把握している。本来ならば出勤しているはずの千晶に会うため、時間を割いて店に行ったのかもしれない。

「もう、大丈夫です」

「とてもそんな風には見えないな」

信号が変わり、車が走り出す。その後は、マンションにたどり着くまで、どちらも無言だった。車を降りると、連行されるように手を取られる。神野に差し出され、千晶は空いているほうの手で破られた本を抱えた。濡れないように、と気をつけたはずだったけれど、千晶自身がずぶ濡れなので、やはり紙の束も全体的に湿ってしまった。

エレベーターに乗って、神野の部屋まで行く。磨かれたように光る廊下を振り返ると、千晶の汚れた足跡が点々と残っていた。

「よ、汚れます……」

玄関を開けて、中に入るように促される。首を振った千晶に、神野は睨むような目をした。

「歩くのが嫌なら、抱き上げて連れて入る。そうされたくなかったら自分で靴を脱いで入りなさい」

ぐっと言葉に詰まって、千晶は濡れたスニーカーを脱いだ。神野の革靴も、泥と雨でずいぶん汚れてしまっている。千晶が汚したのだと、そう思った。

逃げ出さないようにするためか、また手を摑まれる。リビングまで手を引いて連れてきたところで、やっと神野はその手を離した。すぐに、白い大きなタオルを持ってきて、それで千晶の全身をくるむ。のろのろと身体を拭いていると、湯気の立つカップを渡された。中には真っ黒な液体が入っている。

「……うちにはこれぐらいしかあたたかい飲み物がない。苦手かもしれないが、とりあえず飲みなさい」

中身はコーヒーのようだった。自宅で食事をする習慣がない神野だったが、唯一、コーヒーだけは毎日自分で淹《い》れて飲んでいた。砂糖もミルクも無しで、真っ黒なまま飲むのだ。いつも千晶に出してくれるのは、甘いぶどうのジュースだった。ほとんど何も入っていない冷蔵庫に、その飲み物の瓶がたくさん並んでいるのも知っている。赤紫色をした甘いジュースは、最初にふたりが食事をした時に飲んだサングリアの味によく似ていた。神野も気に入ったのか、あるいは、千晶が好きだと口にしたのを覚えて、揃えてくれているのかもしれない。

いまは、冷たい飲み物を渡すべきではないと思ったのだろう。

ありがとうございます、と小さく呟いて、火傷《やけど》しそうに熱いコーヒーを少しずつ飲む。普段、コンビニで買う紙パックのコーヒー牛乳しか飲まない千晶には、あまりに苦かった。苦さと、飲み物で胸があたたまって、気を抜くと、また涙が零れそうだった。手のひらに包んだカップの湯気を浴びて、それを堪える。

「飲んだら、風呂に。身体をあたためるまで出てこないように」

空になったカップを取り上げられ、風呂場に押し込められる。濡れて重たくなった服を脱いで、言われたとおり大人しく身体を洗い、浴槽に浸かった。

身体が、お湯に浸されて、じわじわとほぐれる。

風呂から出て、渡されたのはやはり白い、ふわふわのパジャマだった。またしても違う種類のような気がした。神野は地味な、黒い普通の生地のものを着ていることが多いから、彼が好きでこの手のものしか買わないというわけではないようだった。あくまで、千晶に着せたいのだろう。

身体があたたまると、気持ちも少し落ち着いた。真っ黒いコーヒーを飲んでいた神野が、ダイニングに千晶を手招く。

「きみのことを、シェフが心配していた」

店から持ち帰れるようにしてもらったのだと言い、神野は千晶のために、チーズのパングラタンをあたためてくれた。

「シェフが？」

時間がたっているのと、もともとがテイクアウトを意識して作られていないものだから、パンが固くなって、少し食べにくい。

それでも、やはりとても美味《おい》しかった。

「きみはあの店長と、あまり関係がよくないのだろう。そのせいで追いつめられているのではないかと、ひそかに気を揉《も》んでいたらしい」

「……優しい人なんですね」

新入りのアルバイトである千晶は、いつも厨房《ちゅうぼう》の中にいるその人とは、ほとんど会話をしたこともなかった。手際のいい人で、閉店後など、フロアの掃除を千晶がしている間に、さっとすべての仕事を終えて帰ってしまう。あんなに出来る人なら、皿を割りオーダーを間違える千晶のことを、よく思っているはずがないと思っていた。

「やめるつもりでいるのではないか、と」

言われたことに、心臓が小さく跳ねる。いずれ、そのつもりでいた。というよりも、千晶は仕事が長続きしない。こちらが続けたいと願っても、店の方から、いなくなってほしいと頼まれてしまうのだ。

「きみが誤解されやすい性質なのは理解できる。落ち着いてやれば難なくこなせる作業でも、速さを求められると肩に力が入ってしまうんだろう。これまではいろいろと、事情があったのだろうと思うが。……きみのような人間こそ、ひとつのところに長くいて、信頼できる人

くるようだった。
押しつけがましく聞こえなければいいが、と、神野が内心そう思っていることが伝わって

千晶はこれまで、自分は何をやっても駄目だから、と考えるだけだった。だから勤め先の人に叱られたり呆れられたりしたら、自分が悪いのだからしょうがない、と受け入れて、その店を去った。そうするしかないと思い続けてきた。

ひとつのところに長くいて、信頼できる人間関係をじっくり築くべき。

そうかもしれない。よく叱られるせいで、店長には若干、苦手意識を抱いてしまうが、千晶はあの店が好きだった。叱られても使えない奴《やつ》だと言われても、そのとおりだと頷いてただ終わるのではなく、そこから先を考えてみたら、何か変えられるかもしれない。優しいシェフと、もっと言葉を交わせるようになれば、千晶ももう少し、上手に働けるようになるだろうか。

グラタンを食べながら、もっと大人になりたい、と、そんなことを思う。できたてに比べると格段に味は落ちているはずなのに、これまでに食べたこともないくらい美味しい食べ物だと思って、じんわりと噛みしめた。

それを、神野はいつまでも、目を細めて見つめていた。

食べ終わって、食器を洗う。蛇口を捻《ひね》って水を止めると、低い声が聞こえてきた。それに

呼ばれるようにして居間に向かうと、神野が何やら仕事の話らしい電話をしているところだった。

短く用件を伝えるのみの電話だったらしい。すぐに通話は終わった。

「……神野さん、お葬式に行ってたんですか」

改めて見ると、コートを脱いだ神野は、その下にも真っ黒なスーツを着ていた。それが普段とは違う、完全な黒一色のものなのは、千晶にも分かった。ネクタイも黒だ。

そんな服装をするのがどんな時なのか、さすがの千晶でも知っている。

神野が着ているのは、喪服だった。千晶がこの人のことを何も知らなければ、まるで死神だと思っただろう。

「ああ。昨日、祖父が死んだ」

「おじいさん……」

それはもしかして、病院に入院している、と言っていた人のことだろうか。だったら、昨日行ったはずのお見舞いは、ほんとうはお見舞いではなかったのかもしれない。

最後に会いに行っていたのではないかと、そんな気がした。

「お、おこーでん……、俺も、お香典渡します……」

親族をなくした人に、どう対応するのが正解なのか千晶は分からなかった。少ない常識をかき集めて、財布を取り出そうとする。

その手を、神野に止められた。

「気持ちだけでいい。……ありがとう」

そう言って、神野はまだ水気を含んで濡れている千晶の髪を、首にかけていた白いタオルで拭う。

「厳しい人だった。長く患《わずら》っていたから、周りの人間も、ようやく逝《い》ってくれたか、と安心している気持ちの方が強いだろう」

千晶の祖父母は、いずれも健在だった。離れて暮らしているからあまり会う機会はないけれど、実家にいた頃は毎年、正月に挨拶しに行っていた。それを失うことがどんなものなのか、考えようとしたけれどうまくイメージできなかった。ただ、おそらく哀しくなるだろうとは思った。どんな人とでも、もう会えなくなってしまったら、きっと寂しい。

神野は昨日、どんな気持ちでこの部屋に帰ってきたのだろう。一緒に食事を、と誘われたその言葉は、もっと、大切に慎重に扱わなくてはならないものだったのではないかと、そう思えてならなかった。

「神野さん、俺、きのうはごめんなさい……」

かすれた弱い声で謝る。神野はそれには答えず、身をかがめて、千晶の濡れた鞄とともに床の上に置いていた、破れた育児書を拾い上げた。何も言わずに、ぼろぼろになってしまったピンク色の表紙に指で触れて、そっとテーブルの上に置く。

優しい、壊れ物に触れるような指だった。

「俺は、ほんとに、嬉しくて」

その指に、千晶の心の奥の痛い部分に触れられた気がした。誰にも触られないよう、ずっと奥にしまい込んでいる、千晶のいちばん弱い部分だ。弱すぎるから、どんなにやわらかく、優しい手で触れてもらっても、ずきずきと痛む。

「ほんとに嬉しかったんです。晴人の、子どもが生まれるって聞いて」

なにもできない千晶だから、いまはせめて、この人に誠実でありたかった。悪いと思っていることを正直に話して、その理由も含めて、心から謝りたかった。

神野は一切口を挟まず、千晶の話を黙って聞いてくれた。今の話になったり、昔の話になったりして、要領を得ない、分かりにくい部分もたくさんあっただろう。

中学生になったはじめの年に、高熱を出したこと。その時、入院していた病院で聞いた恐ろしい言葉。それを聞いて、それまでの自分が崩れ去ってしまったように思ったこと。

女の子が怖くなったこと。千晶が生きていることそれだけで、周りの人を傷つけてしまうようで、息をするのも窮屈に感じるようになったこと。

世界に存在することを拒まれているような疎外感と、空いている椅子に座れない罪悪感。

晴人と出会って、その無邪気な残酷さに、救われたように思ったこと。

「……俺は、晴人とはずっと一緒で……。同じ部屋で暮らしてたのはそんなに長い時間じゃなかったけど、でも、その間は、ずっと同じものを一緒に食べて、同じ場所で眠って……」

ほとんど一方的に、噛みつかれるような乱暴なセックスも何度もした。洋服を洗う洗剤も、身体を洗うシャワージェルも同じものを使って、ふたりの身体からはいつも、同じ香りがしていた。千晶と晴人は、身体が別なだけの、ふたつに分かれた生きものだと、千晶はよく思っていた。


「だから、そんな晴人の子どもだったら」

じっと話を聞いてくれている神野の顔を見上げる。

静かで、どんな場所にいても、他に誰もいない寂しいところにぽつりとひとり立っている。それは千晶の心の中にいるあの優しいロボットの姿であり、神野であり、千晶自身だった。

「……そんな赤ちゃんなら、それは、ほんのちょっとだけでも、俺の赤ちゃんかもしれない」

だから、会ってみたかった。気持ち悪い、と、言われてしまったけれど。

千晶はその子に会えるかもしれないことが、すごく嬉しかったのだ。ほんとうに、心から。

「千晶」

手にしていた育児書をそっと置いて、神野が千晶の頬を、両手のひらで包む。男らしい、骨張って大きな手で触れてもらうと、それだけで光がともされたように、ほのかにあたたかくなる。

「きみは、いい子だ」

その言葉も、頰から滑って頭を撫でる手も、完全に、とっくに義務教育を終えた年齢の男に向けるべきものではなかった。仕草や言葉に対象年齢があるなら、たぶん、幼稚園児向けぐらいだろう。

けれど神野は、ひたすらに真面目な顔をしていた。

「この世界にとっては、どうだか知らん。けれど俺の世界の中で、きみは誰よりも、いちばんいい子だ」

険しそうな、冷たそうな顔をした、死神めいた喪服の人が言う。千晶には、その声はやわらかく、十分に優しく聞こえた。胸の奥が痛む。幼い子どもに向けるような言葉で、千晶の心の中に棲《す》んでいる、弱くてやわらかくて怖がりな、小さい千晶を撫でられた気がした。

「昨日、きみを置いて部屋を出たことを、すぐに後悔した。手放してはならないと、あんなに強く思ったのは俺なのに」

黒一色の喪服姿のまま、神野は千晶を胸に抱いた。

「話を聞こうともしなかった。……許してほしい」

切々とした声だった。神野が謝ることではない。千晶は首を振った。

知られたくない、と、話そうとしなかったのは千晶の方なのだ。

「謝るのは、俺のほうなんです。神野さんは、ずっと俺に優しくしてくれるのに。でも俺は、それが怖いんです。自分がもらうべきものじゃない気がして、ずっと……」

この人に近付きたいと思う人は、きっとたくさんいる。たくさんのものを持っている人だから、彼自身よりも、そちらの方に引き寄せられた人もいただろう。けれどきっと、それだけではないはずだ。

「なんで俺なのか、分からないんです。分からないけど、優しくしてくれるのは嬉しくて、はじめて会った時から、ずっと忘れられなくて、好きで……」

「好き?」

ぽつりぽつりと、気持ちをひとつずつ零すように漏らしていく千晶の言葉のひとつを、神野が拾う。

「あ……」

会話の流れで、つい言ってしまった。千晶は、それほど自分が特別なことを口にしたとは思っていなかったが、神野にとってはそうではなかったようだ。

たとえ言葉にして伝えていなくても、頭のいい神野になら、そんな千晶の気持ちなんて、すべて見抜かれて知られているだろうと思い込んでいた。

けれど、そうではないようだった。

「……そうか。千晶も、俺が好きか」

言いながら、また千晶の頬に両手で触れる。

その顔は、こんなにやわらかい表情ができる人なのか、と驚くほどだった。

（う、嬉しそう……）

目を細めて、口元も緩めている。いつもの分かりにくい微笑とは違って、人格が変わったかと思われるほどの、優しげな笑みだった。

「……神野さんはどうして、俺のこと、手放したらだめだと思ったんですか？」

かつて、勘だと、そんな風に言っていたが。千晶には、それがすべてだとは思えなかった。いまならほんとうのことを教えてもらえるかもしれない。そう感じた。

「俺の家は、グループ企業を経営している一族なんだ」

神野はいくつか、会社の名前を教えてくれた。どれも、千晶ですら聞き覚えのあるところばかりだった。

「……誰かの顔色をうかがいながら生きるのは、俺には向いていない。だから大学を出てまったく関係ないところに就職して、それから自分の会社を起こした。そんな風に生きることを選んだ俺は、当然のように家の人間に疎まれた。そんな中、死んだ祖父だけが、陰から応援してくれた」

淡々と静かな声で、神野は話した。

神野の祖父は、会社を大きくするために、いろんなものを犠牲にしてきた。特に、目をかけて可愛がっていた長男を自分の後継者にしようとして、その人生のすべてをコントロールしようとした。神野にとっては、叔父《おじ》にあたる人だ。

真面目な人だったから、懸命に努力したらしい。けれど、祖父の要求は高すぎて、とてもすべてを叶《かな》えられなかった。

その人は三十になるかならないかの頃、首を吊《つ》って死んだ。

「病気になって入院して、見舞いに行った俺の顔を見て、死んだその息子《むすこ》の名前を呼んだ。似ているらしい。……一族の爪弾《つまはじ》き者になった俺を庇《かば》ったのも、それが理由だったのかもしれない。祖父は彼を死に追いやったことを、ずっと悔やんでいたのだろう」

千晶にとっては、知らない人だ。それでも、ふと、神野が以前話していたことを思い出した。

――ただ読むものでも聴くものでも、大人が良いと認めたものしか許可されなかっただけだ。

淡々と、そう言っていた。千晶は自分の着ている、ふわふわのパジャマの生地に指先で触れる。

この人はもしかしたら、ずっと、こんな風にふわふわでやわらかいものから、遠ざかって生きてきたのかもしれない。

千晶に毎日のように手触りのよい、優しい生地のパジャマを着せて、それを抱きしめて深い息をつく神野のことが心に浮かぶ。彼は、育ってきた中で得られなかったものを、いま取り戻そうとしているのかもしれない。そう思うと、神野がいまここにいてくれることに、感謝したいような気持ちになった。首を吊ってしまった、似ていたというその人は、もしかしたら神野自身だったかもしれないのだ。

「俺の両親を含めて、親族はほとんどがグループ会社の経営に深くかかわっている。皇帝《こうてい》のようにすべての決定権があった祖父が臥《ふ》してからは、残されるものをどんな風に分け合うかを、長く争うようになっていた」

神野は話を続ける。皇帝が病に倒れたあとの神野の家は、内紛状態に陥ったのだという。

「誰がいちばん、椅子をたくさん持てるか。俺の両親を含めて、誰もかれもが祖父の病状を心配することもせず、そんなゲームに夢中になっていた。家を出た俺にも、声がかかるくらい」

ほとんど絶縁状態だった両親から、ある日突然、呼び出しを受けたのだという。会わずにいた日々、互いがどう過ごしていたのか、元気に変わりなく過ごしていたか、そんなことは微塵《みじん》も触れられず、顔を合わせるなり、命じられた。

「……祖父の前で、死んだ息子のふりをして演じろと。彼を苦しめたことをずっと気に病んでいる祖父に、その息子として、遺言書を書き直させろと」

神野の両親にとって、有利になるように。

それは取引だった。ほんのわずかな時間、会ったこともない死んだ叔父の真似をするだけで、笑えるくらいの大金を取り分として与えると、彼らは提案したのだという。

「ミダス王の話を覚えているか、千晶」

それまで、まるで昔話でも語るように、どこか他人のことを話すように淡々としていた神野が、ふいに千晶に問いかける。

「ロバの王様で……手に触れたものすべてが、黄金に変わったっていう……」

経営が危なくなった店でも、神野が手を触れれば、金色に光り輝くように蘇る。その才能を、この人は持っているのだ。千晶にとって、それは純粋に、すごい話だった。

けれど神野は、千晶がその名を口にした時、不快そうな、そう呼ばれることを嫌悪しているような顔を見せた。彼にとっては、単純に喜ばしいことではないのだろう。

「ミダス王は触れたものすべてを金に変えた。触れる、どんなものでもだ。食べ物や飲み物、寝るための寝具も、それから大切な人も」

だから神話で描かれる彼は、決して、裕福な富の象徴ではないのだと、神野は語った。

「実の親にさえ自分のやろうとしていることを反対され、否定される中で、決して表立ってではないが、ただひとり味方でいてくれた人だ。それに、自分でも会社を起こしてみて、あれだけ組織を大きくして維持していたことが、どれだけ難しく力のいることかも分かった。いままでも、尊敬している。……けれど俺は、その人のことさえ、黄金に変えようとしていたんだ」

死に追いやってしまったことを悔やんでいる息子のふりをすることで、遺言を書き直させる。神野はそれで、高い報酬を得る。

実の両親からその話を持ちかけられていたのは、ちょうど千晶がはじめて神野に会った頃だったという。

「それで……」

神野は、それを受けたのだろうか。千晶にとって、一生縁のない世界だから、自分だったらどうするだろうかと考えることもできなかった。

千晶の問いかけには答えず、神野はわずかに微笑むだけだった。

「金儲《かねもう》けは楽しかった。勉強して、研究したことを試行錯誤しながら結果に反映させるその過程が純粋に面白かった。それに何より、俺には不思議と、金になる話とそうでない話が分かった。その勘に従っていれば、通帳の数字はどんどん膨れ上がっていった」

そうなればなるほど、集まってくる人間は、神野を黄金を生み出す手の持ち主だと思う者ばかりになった。男も、女も。

集めれば集めるだけ、周りにあるものは、黄金ばかりになっていく。それが何になるのか、次第に神野には分からなくなっていった。欲しいものはなかった。

この黄金で手に入らないものはないのかもしれないと思うと、何も、欲しくなくなってしまった。

「……空《むな》しかった。黄金だけをただ集めて、それをどうすることもない。どこに行く当てもないまま、金塊を大量に積んで海をさまよう難破船のような気持ちだった」

このままどこにも行けず、いずれ船は、集めた黄金の重さで沈む。その時をただ待っているような、そんな空しい日々だった。大切な人さえ、金に変えようとして。

「けれど、そんな俺のことをロボットだと言う、きみに出会った」

金を稼ぐのだけが得意な、ひとの心が分からない機械だと、そう言われたのだと思った。だから、顔をひと目見ただけでそれを指摘した千晶を、鋭い、と言ったのだろう。けれど、違った。

——戦わない、優しいロボットなんです。

——もう人間は誰もいなくて、ひとりぼっちで、それでも、自分の役目は国を守ることだからって、ずっとそこを守ってて……。

——俺はそれが、かわいそうで、すごく寂しいだろうなって思って……。

千晶の回答は、神野にとって想像もできないような、的はずれで意味不明なものだった。

「どう見たら、俺がそんなものに見えるのかと、ひたすらに謎だった」

名刺をよこせと食ってかかってきたかと思うと、翌日に何時間も待ち伏せし続け、とんちんかんなことをまくしたてた。挙げ句、自分は寂しいのだと突然打ち明けて、全速力で走って逃げていった。言葉だけでなく、神野にとっては、千晶の存在自体が謎そのものだっただろう。

「た、たいへん失礼しました」

冷静に淡々と語られると、余計に恥ずかしかった。かくかくとぎこちなく頭を下げて謝る。その謝罪の仕方か、あるいは千晶が恥ずかしがること自体が面白かったのか、神野は目元と口元を緩めた。

「……きみの目を見て、そこに何が映っているのかを知りたかった。俺が寂しいロボットに見える世界というのは、どんな世界だろう。それはきっと、俺が知らない、出会ってこなかったものにあふれた場所だ。きみの生きているそこに行きたいと、心から思った」

千晶のことを、手放してはいけないと思った。はじめてそう語った時、神野は、勘だから理由というほどの理由はない、と言っていた。それを言葉にあらわすと、そうなるのだろうか。

その世界に行きたい。そばにいて、寄り添って静かに眠りたい。それは千晶が、この人に抱いた思いにとてもよく似ていた。

「きみの言葉は、鳥のようだった。命を燃やして飛ぶような、眩しい鳥だ。その鳥が飛ぶ先を、ともに見てみたかった」

そう言って、神野は、千晶の左の手を取り、大きな手のひらに包んだ。

「どこに行けばいいのか分からなかった船に、行き先を教えた。きみの命とともにありたいと」

千晶はただ、口をぽかんと開けて、それを聞いているしかなかった。神野の低い声で耳から流れ込むその言葉は、意味をうまく取れないまま、そのままのかたちで千晶の心の中に落ちる。

どういう意味なのか、すぐには理解できない。けれど、何でできているのか分からなくても、宝石のようにきらきらと輝く、きれいな言葉だと、そう思った。

「お、おじいさんは……」

見た目に似合う、映画の台詞《せりふ》のような言葉の数々に、千晶は圧倒されてなにも言えなかった。赤い薔薇の花束を何の疑問もなく渡してきたり、あんな言葉を真顔ですらすらと口に出せるこの人は、おそらくかなりのロマンティストだ。千晶にはとても真似できそうになかった。

だからどう返していいか分からず、神野が、死んだ叔父のふりを演じたのか、それだけ聞きたかった。その人にとって、どうされることが幸せだと神野が考えたのか、知りたかった。

「……ああ。俺はこんな性格だから、せいぜい他人を演じられるとしても、ひと言喋るのが限界だった」

憎んでいない、と。

小さく笑って、これで自分の話は終わりだ、とでも言いたげに、神野は千晶の額にキスをする。

「おかげで完全に、勘当状態だ」

千晶にとっては、会ったこともない、同じ時代を生きていたとしても確実に縁のなかったであろう人だ。遺産相続で家族が争うことなど、お昼にやっているドラマの中の出来事だと思っていた。住む世界が違う人たちの話は、まるで作り事のように現実感がなかった。

それでも、神野の言葉を聞いて、千晶はほっとしていた。見たことのないはずのその人が、最後に、安心して目を閉じる、その顔が思い浮かぶような気さえした。

神野が、神野でよかった。そう思った。

「きみの手にはじめて触れた時、きみは、とても驚いた顔をしていた」

ふいに神野が、その時を思い出すように、懐かしそうに目を細めた。

はじめて、手に触れられた時。それは千晶が指先に怪我をして、血を流していた時のことだ。白いきれいなハンカチでその傷を包んで、そっと触れてくれた。

「その時だけじゃない。いつでも、きみは俺に触れられると、はっと驚いたような顔をした。……金に変わったようだと、きみは言っていたが」

確かに、千晶はそう言ったことがある。

——俺も、神野さんに触ってもらったところが、金に変わったみたいだって思ってた。

ミダス王の話を聞いた時、なんてすごいのだろう、と、感激するほど嬉しくなった。自分が感じていたことが、ほんとうに正しかったのだと教えられた気がした。

――魔法みたいな手だって、ずっと……。

「俺は、きみに優しくしようと思って触れてはいなかった。ただ傷があるなら痛まないように、と思ったかもしれないが。俺にとっては、ものに触るのと、変わりはなかった。そんな手にさえ、あんな驚いた顔をするのなら」

神野はそこで、言葉を切ってしまった。千晶は息をひそめるようにその続きを待っていたが、どうやらそれきり、口にすることはやめたらしい。かわりに、手のひらで包むように、頬に触れられた。慈しむような、優しい手だった。その手でやわやわと頬を撫でられると、触れる箇所から、神野が言いかけたことが伝わってくる気がした。

普通に触られるだけで、とてつもなく丁寧に、大事に扱われたように錯覚してしまうのなら。

それは一体どれだけ、他人から優しく触れられたことがないのだろう。

神野は、そう思ったのかもしれない。

「……さっきの話を聞いて、少し、きみのことが分かった。どうして自分を大事にできないのかと、そう思っていたが。きみは、その方法が分からないんだな」

そうだろう、と神野は微笑む。

ずっと痛いところがあって、でもそれが、どこから発するものなのか千晶には分からなかった。それを、傷があるのはここだ、と、教えられたような気分になった。

「……わからない、かも、しれないです」

そんな気がして、つい、甘えが出てしまったのかもしれない。気が緩んだのか、小さくくしゃみをしてしまった。

それを聞いて、神野は千晶の身体をきゅっと抱きしめた。

「湯冷めしたか。もう一度、風呂に入れと勧めるべきなんだろうが。……悪いが、それまで待てそうにない」

ほとんど抱きかかえられるようにして、寝室まで運ばれる。大きなベッドの上に、仰向《あおむ》けに転がされて、そのまま身動きもできないほど、強い力で抱きすくめられる。

千晶、と、耳元で、かすれた低い声で囁かれる。

「大切にされるというのがどういうことなのか、その身体で知りなさい」

ぞくりと背中が震えるほど、その声は甘かった。


ベッドの上で神野が最初に触れてきたのは、唇でも頬でもなく、千晶の指だった。

「……あの時の傷痕は、もう消えたか」

皿の破片で傷つけて、血を流していたのがどこなのかを探すように、神野は千晶の左手を取る。指先にはたくさん、同じような傷の痕が残っている。けれどそれは、神野に出会うよりも前のばかりだ。

その痕の残る指先に、ひとつひとつ、唇で触れられる。まるで、まだ神野を知らなかった頃の千晶に触れようとしているようだった。

「あれだけ血を流していた傷の痕でも消えるのなら、いまでも残っているこの痕は、もっと深い傷だったということだ。痛かっただろう」

「お、覚えてな、い」

神野の言うとおり、千晶の左手の中指にはひときわ目立つ大きな傷の痕がある。けれど千晶にとっては、いまこの瞬間まではっきりと意識したことすらないものだった。いつ、何で切ったのかも忘れてしまった。神野はその指先に唇を這《は》わせた。ずっと前に流れた血をいま舐め取ろうとするように舌で傷痕をなぞられて、千晶は小さく身体を震わせる。

「じ、神野さ……！」

舐め上げられたあと、その指を中ほどまで、彼の口の中にくわえ込まれる。そんなことをされるとは思っていなくて、千晶は驚いて身体を引こうとした。それを、手首を摑まれて止められる。更にもう片方の手は、空いている神野の手で指を絡めるようにしてベッドに押さえ込まれた。抵抗は許さない、とでも言いたげな、これまでに見せたことのないような強引な仕草だった。

（と、溶ける……）

やわらかで熱い口内の粘膜が、指先の皮膚に触れる。くすぐるように指の腹を舌で撫でられたかと思うと、逃れられないように歯を立てられ、上顎と舌で挟まれたまま音を立てそうなほど強く吸われた。その口の中で、千晶の指はもう骨も残らないほどに溶けてしまったようにさえ感じる。

くわえられて吸われているのは指だ。視覚でも意識でも分かっているはずなのに、まるで性器をじかに愛撫されているように、全身ががくがくと震えた。

「や、やだ、神野さん、やだ……！」

制止を求める千晶の声も震えていた。その声が伝えようとしているのが怯えであることには、神野もすぐに気付いただろう。最後にもう一度、傷痕を丁寧に舐めて、彼は千晶の指から唇を離した。

「ふ、普通にしてください。こんなの……」

指先に愛撫を施されることなど、千晶は知らなかった。まだはじまったばかりでこれならば、この先どうなってしまうのかと考えると、怖くなるほどだった。指が骨ごと溶かされたと感じたように、全身が溶け落ちてどろどろになってしまうことを想像する。

「これが俺の普通だ。おそらく、きみに対してだけだが」

千晶の言葉を聞いて、神野は笑った。

「無理です、こんなのが続いたら、俺」

「まだ何もしていない。……その可愛い口を開けなさい」

早くも音《ね》を上げる千晶に苦笑して、神野はその訴えを聞き流す。さあ、と促すように顎を軽く持ち上げられ、千晶はおそるおそる言われるままに口を開けた。怖いのは未知の行為ではなく、未知の感覚だ。それに怯えるのと同じくらい、知りたい、という気持ちがあるのも事実だった。この人に、教えてほしかった。

「俺は、きみのこの口が、ものを食べているのを見るのが好きだ。きみは何を食べていても、ほんとうに美味そうに、大事そうに食べる。小さな動物のようで、ずっと見ていたくなる」

開いた口の隙間に、神野の指が割り入ってくる。言葉通りに、小動物を可愛がるように舌を指で撫でられた。小さな動物。それならばこの白いふわふわのパジャマは、うさぎか何かを連想したものだろうか。

「まっすぐに俺を見てくるこの目も、すぐに赤くなるこの頬も、全部……」

言いながら、神野は千晶の顔のあちこちに短く唇で触れていった。額、目蓋、鼻筋、頬。最後に、指が引き抜かれた口を、今度は唇で塞がれる。千晶に呼吸するタイミングを与えるように、合わせた唇は時折離され、顎や耳朶《じだ》に触れた。その度に、まるで小さな光の粒を頭の上から振りかけられているように、触れられた箇所がほのかにあたたかくなった。

「寒くはないか」

キスの合間に、囁くような声で聞かれる。優しく髪や頬を撫でていた神野の手は、次第に首筋から肩へと降りて、ふわふわのパジャマの上着の裾《すそ》を探っていた。どこを触られても、身体が熱くなる。部屋は空調ですでに十分あたためられているけれど、それが必要ないほどだった。言葉も出せないまま、数度頷いて答える。

お互い着ているものをすべて脱いで、素肌が空気に触れる隙間もないほど、ぴったりと神野に肌を合わされる。一糸纏《まと》わぬその身体はきれいに無駄なく筋肉がついていて、千晶は思わず、自分が男としてできそこないだということを素直に認めたくなるほどだった。

「ふ……、っ、ぁ」

肌を合わせたまま、ひたすら、唇を深く貪られる。

千晶は、神野とするキスが好きだった。口の中を舌で撫でられると、意識がぼんやりするほど、夢中になる。これも、神野に触れられて、教えられた。

「上手になったな」

拙《つたな》いキスを、両手のひらで頬を撫でながら、そう誉められる。

湯冷めした身体をあたためるように、神野の手が全身をくまなく撫でる。その間にも唇は離されないままで、千晶は絡められる舌に応えるのでせいいっぱいだった。大きな舌で口の中をいっぱいにされると、下腹に感じている大きくて熱いものを、この口に含んだことを思い出す。それが自分の身体の中に深く埋められることを想像するだけで、達してしまいそうだった。

「……ん、んん」

千晶の身体のいたるところを慈しむように撫でていた手が、腰から下へと滑る。反応しはじめているものを手のひらで包むように可愛がられて、やがて、後ろの方にも手を触れられる。千晶の身体は肉付きが薄くて、尻の肉も申し訳程度しかついていない。触っても楽しくないだろう、と謝りたいような気持ちになる。

「細い腰だな。……乱暴に扱ったら、壊しそうだ」

どこか不安げな声だったが、そこにはかすかに、押し殺したような怒りも浮かんでいた。千晶が晴人にどのように扱われていたか考えたのだろう。それでも愛撫の手は止まらなかった。まるでその痕跡が残っていて、それを消そうとするかのように、腰から太腿《ふともも》にかけての線を、何度も手のひらでなぞられる。

「ずっと、無理をされていたんじゃないか」

息をつくように言われ、薄い双丘の狭間《はざま》にそっと指で触れられる。

いつも、無理矢理こじ開けられるように抱かれていた。受け入れる苦痛には決して慣れなかったけれど、それは知らないものではないから、怖くなかった。痛くて苦しいことなら、千晶はどれだけ与えられても平気だった。

「神野さん、俺、大丈夫だから……。ほら、はじめてとかじゃないし、そんなこと、しなくてもいいです……」

時間をかけられることが、恥ずかしかった。そこに、そんなに丁寧に愛撫を受けたことはない。晴人はいつも、自分が早く満足したいだけだから、受け入れる準備もほとんど千晶にさせていた。

「他の奴のことは知らん。俺がしたいからするだけだ」

千晶の言葉は、晴人の存在をますます意識させたのだろう。まるでそれに嗜虐心《しぎゃくしん》を駆り立てられたように、優しく慎重だった指が、ぐ、と中で曲げられる。

その指先が、中にある、いちばん敏感な場所をかすめた。びくり、と、過剰なまでに身体が震える。

「ひ……！」

「指だけでいけそうだな。もともとそうだったのか、そうなったのか」

そう言って、低く笑われる。その声に、せっぱ詰まったものすら感じた。時間をかけて慣らされたおかげで、千晶の準備はもう十分整っている。

「……じ、神野さん、も、やだ……」

こんなもどかしい思いを、いつまでも味わっていたくなかった。神野だってそれは同じだろう。そう思うから、早くすればいいと促すのに、千晶のその懇願はなかなか聞いてもらえない。

「きみの身体に、これ以上傷をつけたくない。……これが俺のやり方だ、諦めなさい」

聞き分けのない子どもを宥めるように言って、腿の付け根に唇を落とされる。そんなところを、他人に触れられたことはなかった。吸い付くようなキスに、体内にわだかまった熱が、また大きくなる。

「う、うぅ……」

挿《い》れられた指の数を増やされて、じわじわと少しずつそこを拡《ひろ》げられる。そんなこと必要ないのに、と、千晶は自分が神野に余計な作業を強いている気がしてならなかった。そんな手間をかけて大事にしなければならない身体ではない、と思ってしまって、申し訳なさと情けなさに涙が滲む。その表情を見られたくなかった。顔をやわらかい枕に押しつけて、隠す。

「時間をかけられるのは、嫌いか」

そんな千晶に神野も気付いたらしい。埋めていた指を抜かれても、その感触がまだ残っている。千晶にはもう、十分なように思えた。

「……ちがう、けど」

「千晶」

顔を枕に押しつけたまま首を振る。大事にしなくていい、と思ってしまうのは、この期《ご》に及んでも消えない千晶の弱い、卑屈な心だ。それを見せたくなかった。

「俺が抱きたいのは、きみの身体だけじゃない」

けれど神野は、もう何もかもお見通しだと言わんばかりに笑ったようだった。顔は見なくても、気配と声だけでそれが分かった。

耳元で、囁くように言われる。

「きみの心ごと、全部が欲しい。隅から隅まで、可愛がって、気持ちよくしてやりたいと思う。だからもう怖がらないでくれ」

全身を撫でて、くすぐるような声だった。表情が見えないからこそ、その声が余計に響いた。

大事にされることを怖がるなと言われ、千晶はおずおずと顔を上げた。神野は、思い描いていた以上に優しい目で千晶を見ていた。

「……うん」

そんな目で見られて、千晶は自然と頷いていた。神野は目を細めて、軽く触れるだけの口づけを何度も落とした。お互い肌をすべてさらし合って、すっかり昂ぶっているのに、まるではじめて交わしたような初々《ういうい》しいキスだった。

「どの体勢が負担が少ないか、教えてくれるか」

太腿を手のひらでさすられながら、愛撫を再開される。丹念に触れる指を受け入れながら、千晶は膝をついて、後ろ向きに神野に身体を差し出す。

「こう、かな」

正直、どの体勢を取ればいいのか分からなかった。意識しないうちに、自然と、挑発するような格好をしてしまう。四つん這いになって、神野を求める。

「……正気を失いそうだな」

ぽつりと独り言のように漏らして、神野は千晶の口に嚙みつくように口づけた。

そのまま、内腿の間に、硬くて熱い肉の塊を押し当てられる。しばらく、なおも焦《じ》らすようにそこを擦られてから、ゆっくりと少しずつ、指で完全に慣らされた場所へと、埋められていく。

「あ、あ、あああ……っ」

「……狭くて、熱い。きみの可愛い口と同じだ」

腰を摑まれて、ぐっと深く挿し込まれると、これまで他人に開かれたことのないところに入り込まれているのを感じる。

「あ、あ、ああ、い、いっちゃ、う……」

まだ神野はほとんど動いていないのに、千晶はそれだけで身体を震わせ、先から白いものをぼたぼたとシーツの上に零してしまった。

「……、っ、く、早いな、千晶」

達してしまったせいで、受け入れている部分の締め付けがきつくなったのだろう。少し苦しげに息を漏らして、神野は荒い息を繰り返している千晶に口づけた。肉の壁がきゅうっと締め付けて、神野のかたちを、見るよりもはっきりと感じる。それが硬くて、一度射精したはずの千晶のものも、またすぐに出してしまいそうだった。

「ぁ、だって、きもちい……」

陶酔した声が、自然と出てしまう。

「挿れられただけで気持ちいいのか。いつも、こうなのか」

力の抜けた千晶の身体を、繋《つな》がったまま神野は抱き上げる。そのまま向きを変えられ、寝そべる神野の上に、千晶が乗る体勢にされた。

「ち、ちが……、こんな、こんなんじゃ……、ぁ、あ……！」

埋められたままのものが、千晶自身の体重で、より深く奥に届く。肉を抉《えぐ》られるような快感が強すぎて、視界が一瞬、真っ白に飛んだ。

「好きなだけ動くといい。可愛い、千晶……」

「あ、あ、は……」

手助けするように、腰に手を添えられる。それに自分の手を重ねて、許されるままに千晶は懸命に腰を使った。それではまだ足りない、とでも言うように、神野は下から突き上げてくる。激しい動きに、またすっかり元気になった千晶のものもぶるぶる揺れた。

「ひ……！」

「また、いきそうだな。ずいぶん、感じやすい……」

「ち、ちがう。神野さんだから、神野さんだから……」

おいで、と手招くようにされて、寝そべった神野の胸に、上体を重ねる。しっかりとした強い腕で、背中を抱かれる。

「いい子だ」

大人にしか許されない快楽を分け合う行為と、幼い子どもに向けるような言葉は、どう考えても不釣り合いだった。それでも今は、声だけではなく、合わせた肌の熱と、千晶を見つめる神野の眼差しからも、同じ言葉を伝えられたような気がした。心のいちばん奥深くにまで触れて、千晶の幼さも弱さも、なにもかもを肯定して包まれたようだった。

「きみを愛している」

宥めるように頭を撫でられ、千晶はわけも知らず、ぽろぽろと涙を零していた。

これがセックスなら、千晶はまだ、セックスを知らなかった。晴人と身体を重ねている時は、こんなに、泣きたくなるほどの一体感と幸福感を感じたことはなかった。気持ちいいと感じるところを擦れば射精できる、そんな行為だと、ずっと思ってきた。これは、全然違う。

「千晶。千晶、もう他の誰にも触れさせるな。俺以外の、誰も……」

髪を撫でる手と同じくらい、そう囁く声は優しくて甘い。なのにそこには、凶暴なまでの強い欲望が滲んでいた。他の男の痕跡など、どんなに小さな一点も残らずに消し去りたい、という、そんな独占欲が、ありありと浮かんでいた。

千晶が答えるより先に、神野は一度、深く埋めていたものを抜く。仰向けにベッドに横たわらせられ、ずるり、と引き出されたものは、またすぐに、一気に千晶を貫いた。

壊されそうなほど、深く犯される。それが、たまらなく気持ちよかった。

「……っ、あ、あ」

「……きみの中に出したい。いいか」

貫かれる千晶の表情を見下ろす神野の、怖いくらいに真剣な目をじっと見つめる。

「ください、全部ください、神野さんの……」

熱に浮かされたように、自分でも何を言っているのか分からなかった。ただ、きゅっと強く神野の首筋に手を回して、振り落とされないようにしがみつく。千晶にとって、かつて、絶頂は首を絞められる安堵感だった。それが間違っていたことに、ようやく、気付く。ほんとうに千晶が欲しかったのは、痛みでも苦しみでもなかったのだ。

「っ、千晶……っ」

神野の腕が、強く千晶を抱きしめる。身体が溶けてひとつになりそうなほど、根元まで深く埋め込んで、神野は身体を大きく震わせた。内臓に直に注がれるような、熱い迸《ほとばし》りを体内に受ける。

「ぁ、あ、神野さん、神野さん……！」

ぽろぽろと泣きながら、千晶もまた、達していた。身体が気持ちいいだけでなく、心が気持ちよくて、出てしまった。射精させるのは、肉体の快楽だけではないのだと、千晶ははじ

めて知った。

「俺、俺……」

何を言いたいのか、自分でも分からなかった。聞いてほしいことや言いたいことがたくさんあるのに、頭が追いつかない。全身でこの人を知ることができて、千晶を作るどの組織も、嬉しくて泣いているような気がした。

「千晶」

汗で額に張り付く前髪を、そっと指で払われる。それから、長いキスをした。いつまでも唇を離さないまま、神野はずっと、千晶を抱いて髪を撫でていた。

「俺はきみが、なにより大切だと思う。少しは伝えられたならいいのだが」

言葉にできないまま、頷いた。神野にはじめて出会った時に、血を流した指先をハンカチでくるまれたことを思い出す。あれから繰り返し、不安になったり寂しさを感じるたびに、その指を反対の手のひらで包んだ。そうすることで、大丈夫だと言ってもらえたような、守られたような気持ちになった。指先だけで、あんなに、安心できた。

一点も残さずにくまなく丹念に触れられて、撫でられて、口づけられて、それを理解できないはずがなかった。

頷いた千晶に、そうか、と神野は目を細めた。

「少々、残念ではあるな。足りないようなら、まだ続けるつもりだった。きみが分かるまで、何度でも」

「し、死んじゃう、から」

冗談には聞こえなかった。息も絶え絶えに、千晶は小さく首を振った。身体もへとへとで疲れ果てているけれど、それよりも、これ以上続けられたら、心の方が保《も》たなそうだった。意識のすべてがさらわれるような、目の前が真っ白になる瞬間が何度かあった。神経が焼き切れそうな、ぎりぎりのところまで追いつめられたようなきわどい感覚と、心の底からすべて抱き上げられて包まれるような安心感。

「で、でも……」

思い出すだけで、胸が甘く満たされて、指先まで痺れそうになる。

「……や、やっぱりよく分からない部分もあった気がするから、もう一回、教えてもらってもいいですか……」

顔を寄せてそっと囁くと、何も言わずに伸びてきた腕に、すぐに強く抱き寄せられた。


やわらかい、あたたかいベッドに、ふたり寄り添って眠った。

夢も見ずに、長い時間眠ってしまった。千晶が起きると、すでに神野はいなかった。平日だから、会社に行ったのだろう。携帯に、千晶の体調を気遣うメッセージが届いていた。

夕方からのアルバイトを終えると、いつものように駐車場に神野が迎えに来ていた。

「シェフに、お礼を言えました。……ありがとうございます」

身体の大きな、白い調理服が似合う人は、四分の一、イタリア人の血を引いているのだと話してくれた。育ちも向こうで、その時に食べて美味しかった料理を、いまこの店で作っているらしい。

口数の少ない人で、千晶から話しかけても、あまり多くは喋れなかった。それでも、いつもまかないの量が足りていないのではないかと気にかけていたことや、店長や他のアルバイトから、不当な扱いをされているのでは、とひそかに心配していてくれたという。

困ったことがあれば相談に乗るから、と、言ってくれた。

「いい人でした」

「ああ。うちの秘書の旦那《だんな》だ。ゆくゆくは、彼をシェフ兼店長にしたいのだが」

「え。……え、そうだったんですか。じゃあ、その時までお手伝いできるよう、がんばります」

神野の秘書というのは、あの、いかにも仕事ができそうな眼鏡《めがね》の女の人のことだ。会社に突然押し掛けた千晶をストーカーだと言った人だ。

その人と、温厚で優しいシェフが夫婦だと聞いて、千晶は少し混乱した。

「きみを彼女にも紹介したい。助言をくれたからな」

車を運転しながら、神野は言う。助言とは、花束を渡せ、それで駄目なら預金通帳を見せろ、というあれのことだろう。神野がどこまで説明したのかは分からないが、その相手が千晶だと知れば、あの冷静を絵に描いたような人でも、驚くかもしれない。

「……びっくりしますよ、たぶん」

「だろうな」

ふ、と、それを思い浮かべたように、神野はかすかに笑う。

その横顔を、じっと見てしまう。昨夜、千晶が濡らして汚してしまった車のシートは、すっかり元の通りにきれいに戻っていた。

「……神野さん、俺、晴人に会ってきたんです」

これを言ったら、また神野は気分を害するかもしれない。それでも、伝えたかった。

「赤ちゃん、いなかったんだって」

アパートを訪れた千晶の前で、晴人は声を上げて泣いた。

――勘違いだったんだよ、あいつの。それなのに、ちゃんと調べたみたいに言いやがって
……。

子どもができたと思ったのは、晴人の彼女ひとりの早とちりだったらしい。それを聞いたのは、千晶が昨日、彼の元を訪れる前のことだったという。

そうとも知らず、千晶は晴人の前で、能天気に育児書を読んでいたのだ。嬉しい、楽しみ、と言われて、腹が立って、その感情を抑えきれなかった。

だからあんなことをしてしまったのだと、晴人は泣きながら謝った。

——悪かった。ごめん、チアキ……。おまえ、嬉しいって言ってくれたのに。

おいおい泣く彼を前にして、千晶も一緒に、少しだけ泣いた。

赤ちゃんに、会いたかった。それが叶わないことが、悲しかった。

「彼女とも別れちゃうかもって言ってた。焦って親にも連絡してたみたいで、いろいろ、問題になっちゃったって。大学にほとんど行ってないこととかもばれちゃって、一回、実家に戻らないといけないみたい……」

神野は何も言わず、黙ってハンドルを握っていた。その静かな横顔から視線をうつして、千晶は車窓から、夜の町を眺めた。いろんな色に光る灯りが、いくつも流れていく。

「落ち着いたら、話そうって言ってきました。神野さんのこと、ちゃんと伝えたいから」

「……そうか」

千晶の言葉を聞いて、はじめて神野は相槌《あいづち》を打った。彼が、どこか安心したような気配を、確かに千晶は感じた。そうです、と念を押すように頷く。

一緒に、地元に帰ろうと言われた。やっぱり自分にはチアキしかいない、と、何度も聞いた言葉も。かつて何度も繰り返されて、その度に、何の力もない言葉だと思いながらも、胸が甘くなった。彼には自分しかいないのだと言われると、世界にただひとりでも、どんな役割であろうと、与えてくれる人がいることが嬉しかった。

そんな「チアキ」は、もうこの世界からは消えてしまった。気持ち悪い、と言い放たれて、あの育児書をびりびりに引き裂かれた時、晴人に寄りかからずには生きていられなかった千晶も破られて、ぼろぼろになった。

「神野さん、本、直してくれてありがとうございます」

千晶が今朝、目覚めると、リビングのテーブルの上に、見覚えのある表紙の本が置かれていた。ピンク色の、可愛らしい赤ちゃんのイラストが描かれた本だ。破られたはずだったのに、紙の束ではなく、本のかたちに戻っていた。手に取って見てみると、確かに、踏まれた時にできた皺や、雨のせいで紙が湿った名残があった。

近くで見て、ようやく、気付いた。破られたはずの紙を、また本の体裁にしてくれているのは、透明なテープだった。ぺらりとページをめくってみると、千切られてばらばらになった紙の束、すべてにテープが貼られていた。裂け目もきれいに合わされて、遠目で見たら、何事もなかったかのように見えるほどだ。

これはきっと、神野の手によるものだ。千晶がまだ寝ている間に、そっとベッドを抜け出して、ここで作業したのだろう。どんなに器用な人でも、かなりの時間を必要としたはずだ。

まるで、魔法だった。石ころを黄金に変える、魔法の手だ。千晶のせいで、乱暴にされて、汚されてしまったけれど。それを、丁寧に触れて直してくれた。本も、それから、千晶も。

「会いたかったな」

窓の外を眺めながら、ぽつりと、ひとりごとのように呟く。

「赤ちゃん、会いたかったな……」

流れて消えていくいくつもの光を目で追い、見送る。たとえ世界のどこにもいなかった存在でも、千晶の心の中には、ちゃんといた。だからそれを見送れば、いつかまた、どこかで、別のかたちで、めぐり会うことができるだろうか。

そうだといいな、と思った。

「……残念だったな」

神野は静かにそう言った。千晶に寄り添って、一緒に、流れていく光を見送ってくれているような、そんな気持ちになった。


いまでは千晶も、オートロックの操作にすっかり慣れた。どっしりと分厚い扉を開けて、神野の革靴の隣に自分のスニーカーを並べる。広い玄関に、ぽつんとふたつの靴だけが寄り添って並んでいるのを眺めるのが、千晶は好きだった。

「千晶。見てほしいものがある」

神野の声に呼ばれ、千晶は居間へと向かった。黒いコートを脱いだ神野が、ちょうど、仕事用の鞄から何かを取り出したところだった。

「なんですか、これ」

千晶は差し出されたままに、それを受け取る。革のような素材で作られた、薄いファイルだった。アルバイト先の店の、メニュー表にちょっと似ている。

神野は問いかけには答えず、ただ、中を見てほしい、とでも言いたげにじっと千晶を見つめてくる。不思議に思いながら、千晶はそのファイルを開いた。

（……幼稚舎。高校、大学……、コンサルティング……）

なんだこれ、と、書かれていた文字を心の中で読み上げる。千晶でも耳にしたことのあるいくつかの学校名と会社名の羅列。そこに並んで、神野の名前と、ここのマンションらしき住所が立派な墨文字で書かれていた。千晶の見慣れた形式でこそなかったが、そこに書かれていたものは、まるで履歴書に書き込むような内容だった。

「それで構わないようなら、明日、写真を撮って来ようと思うのだが」

「構わないっていうか……なんですか、これ。神野さんの履歴書？」

中を見てもよく分からなかったので、もう一度聞く。写真を撮って来る、というのだから、やはり履歴書なのだろうか。ずいぶんと格調高い。

「釣書だ」

神野はそんなことを言う。堂々とした言い方だった。つりがき、というものが何なのかも、千晶は分からなかった。しかし最近では、分からない言葉はすぐに調べるようにしている。さっそく携帯を取り出し、検索してみた。

「……『見合いや縁談の際にプロフィールを書いて提出するもの』って書いてあります」

「そうだ。身上書とも言うな」

千晶の手のひらから、携帯が落ちる。足元には分厚くて柔らかいラグが敷かれていたから、音も立たなかった。落としたぞ、と神野がそれを拾ってくれる。千晶の手に乗せようとして、その手が小さく震えていることに気付いたようだった。

釣書と千晶の携帯をテーブルの上に置いて、神野は両手で千晶の手のひらを包んだ。

「……いますぐでなくてもいい。いずれ、きみのご両親に会って、お渡ししたい」

まるではじめて触れたときのような、壊れやすいものに丁寧に触れる、あたたかい手だった。やわらかい水が、じわりと胸の内側を濡らす。そうしていないと目の端からそれが零れてしまいそうで、千晶は神野を見上げた。

どうしてこの人のことを、恐ろしい、怖い人だと思ったのだろう。かつての自分のことが信じられなかった。神野はいま、どこまでも優しい、慈しみを込めた目で千晶をじっと見つめていた。

「お、俺……俺、いますぐ親に電話する……」

どんな風に答えたら、この人がいちばん喜んでくれるのかが分からなかった。だからとっさに、千晶はそんな風に言っていた。いますぐ、という言葉に、神野は少しだけ、驚いたようだった。それからすぐに、また目元を緩める。

「慌てなくていい。そう言ってくれるだけで、十分嬉しい」

「で、でも、こんなの俺の親がもらったら、たぶんびっくりして泡吹いちゃう」

だから、と言って、そっと神野の手から離れる。携帯を取り、神野が何か言うより先に、父親の電話番号を探す。まだ仕事中だったのか、しばらくコール音を繰り返したあと、留守番電話サービスに切り替わってしまった。

かけなおそうか、とも思ったが、ふと、千晶を見守っているような神野の視線を感じた。

メッセージをどうぞ、という音声が終わると同時に、決意する。いまこの場で、この人の目の前で言わなければ。

「お、俺、男のひとと結婚します……!」

言いたいことを簡潔に伝えねば、と思い、そんな第一声になった。さすがにそれだけでは、と、続く言葉を懸命に探す。

「どうせ俺、子どももできないんだし。好きな人ができたのでそうします！」

叫ぶように言ったあと、通話を終了させる。とりあえず、言うべきことは言った。たったそれだけの短い会話なのに、全速力で走ったあとのように、肩で息をしてしまう。

目の前の神野は、神妙な顔をしていた。

「俺がきみのご両親なら、息子から急にそんな電話を貰えば、驚いて泡を吹く気がするが」

そんなことはない、と千晶が反論しようとした時、手の中で携帯が震えた。明るく光る画面は、父親からの着信を知らせていた。

「わっ。電話かかってきた」

たまたま間が悪く、出られなかっただけだったのかもしれない。千晶の伝言を聞き、すぐにかけ直してきたのだろう。

「出ないのか」

「出ないです！」

震えて光り続ける携帯を、見えないところに置いて視界から隠したかった。とりあえず、ソファの下に隠す。深く考えもせずに、いますぐ電話をする、などと言ってしまった。もしここで電話に出て、父親にふたりの関係について反対をされたら、きっと目の前で聞いている神野は苦しむ。千晶の伝えたいことはちゃんと伝えたのだから、今日のところは、それでよかった。

「俺、お風呂入れてきます」

ふかふかのラグが振動をやわらげているものの、震えている気配はかすかに足に伝わる。それから逃げるように、千晶は神野に背を向けて、リビングから走り去った。

ゆっくり時間をかけて掃除をしてから、浴槽に湯を張る。そのまま先に入りなさい、と神野が着替えを脱衣所に持ってきてくれたので、甘えて、そのとおりにする。

シャンプーとボディソープの、薄い、水色の香り。神野と同じこの香りが、自分の肌からも髪からも香っているのを確かめると、くすぐったい気持ちになった。

「お先でした……」

いつも通り、白いふわふわのパジャマを着て居間に戻る。神野はソファに座って、何やら考え事をしているようだった。珍しくぼんやりとしていたようで、千晶が戻ってきたことにも、しばらく気付かなかった。

疲れてるのかな、と、そっと近づく。

「……千晶」

神野が顔を上げて、千晶を見る。何かを言いかけたのか、一度口を開こうとして、またすぐに閉じてしまう。その強くてまっすぐな目が、一瞬だけ揺らいだような気がした。

テーブルの上には、千晶がソファの下に隠した携帯があった。神野が救出したのだろう。その画面はもう真っ暗で、静かになっていた。

「先に休んでいてくれればいい」

そう言って、神野は立ち上がった。風呂場に向かうその背中を見て、やっぱり疲れてるのかもしれない、と千晶は思った。

言われたとおり、先にベッドに入る。ひとりで横たわっていると、両手を伸ばしても端に届かないほど広いベッドだ。もともと神野がここでひとりで眠っていたのだと思うと、寂しいような愛しいような気持ちになった。いますぐ時間を遡《さかのぼ》って、ひとりでいる神野のことをきゅっと抱きしめたかった。そんなことを思いながら、やわらかい枕に顔を埋《うず》める。そこに自分の髪と同じ香りが残っているのを感じて、身体の奥が、じんと熱くなった。

肌触りの良い寝具に包まれて、神野に丁寧に、大切に触れてもらった記憶をひとつひとつ思い返す。身も心も心地よくて、いつの間にか、千晶は淡くまどろんでいた。

「千晶」

囁くような声で名前を呼ばれて、目を開く。どこか遠慮がちな神野の声に、自分が神野の枕を占領していたことに気付いて、千晶は跳ね起きた。

「寝ていたか。すまない」

起こしたことを詫びる神野は、やはりどこかいつもとは様子が違った。いえ、と首を振って、ベッドに入った神野に寄り添う。すぐに腕を伸ばされ、ぬいぐるみのように胸に抱かれた。

「話したいことがある。このまま、聞いてくれないか」

およそ神野らしくない、慎重な言い方だった。はい、と頷いた千晶の表情に不安を見たのか、神野は安心させるようにかすかに微笑んだ。

額や髪に何度もキスを受けながら、千晶は神野が話すのを待っていた。

「……きみのご両親と、話をした」

心地よさに半分眠りかけていた千晶の意識を、その言葉が起こす。

「俺の？」

胸に抱かれたままで顔を上げると、神野はどこか、ばつが悪そうな顔をしていた。その顔を見て、それがいつのことなのか千晶にも分かった。さっき、ソファの下に隠した携帯だ。きっと千晶が風呂に逃げたあとも、着信はやまなかったのだろう。

「お父さんと、それからお母さんにもご挨拶をした。ふたりとも、きみの残した伝言にかなり驚いていたようだった」

ぽつぽつと語られる。いま考えれば、千晶が風呂から戻ってきた時から神野はこの調子だった。疲れているのかと思っていたが、どうやら、そのことが原因だったようだ。

「何か言われましたか」

もしかしたら、ふたりの関係に手厳しい言葉をもらったのかもしれない。千晶にとっても両親は大事だったから、反対されれば悲しい。けれど、たとえ世界中の人に叱られても、この人と離れたくなかった。

そんな思いから、そっと手を伸ばして神野の頬に触れる。神野の手が、いつも千晶にありあまるほどのことを伝えてくれるように、千晶の気持ちが、少しでもここから伝えられればいいと思った。

「戸惑ってはいたが、千晶らしい話だ、と同時に納得している様子でもあった。……きみをよろしくと、そう言ってもらった」

千晶の懸念に、神野は小さく首を振る。それは彼にとっても、特別な言葉だったのだろう。くすぐったい思いで、額を近づけて笑い合う。じゃれ合うように頬を寄せ、触れては離れるキスを繰り返した。

ふいに伸ばされた腕に、胸に抱き寄せられる。

「千晶。……千晶」

息をつく気配が、抱きすくめられた肩口に伝わる。心なしか、その声は揺れていた。

「……きみが、子どもを作ることができなくなったと言っていたことに、ご両親は驚いていた。どうしてそんなことを、と」

「え……」

言われたことが、あまりに予想外だった。ぽかんと口を開けて聞いていることしかできない。この人は突拍子もないことばかり言う、と、そんな場違いなことを思う。突然の愛の告白とともに渡された花束と同じだ。思いがけず、千晶の人生を、根こそぎ揺らがせて変えてしまうもの。

「それはあくまで、そういうこともあるかもしれない、という可能性の話だったのに、と。

……ずっとそのことを気にしていたのか、と、きみのことを思って、しばらく言葉が出ない様子だった」

——どうせ俺、子どももできないんだし。

これまで、家族には決して、口に出せなかった。幼い千晶の胸に抱え込むのにせいいっぱいで、誰にも言えなかった恐怖だった。

可能性の話。そうじゃないかもしれない、怯える必要などない幻《まぼろし》。

ひとりで思い悩まず誰かに言えていたなら、こんな風に長い時間抱え込んで、根暗をこじらせることもなかった。そういうことなのだろうか。幼い自分が聞いたのが、ほんとうはどんな言葉だったのか、いまは不思議と思い出せなかった。あんなに耳にも心にも焼き付いて離れないはずの言葉だったのに。

「……そっか」

ずっと、何よりも恐れてきたはずの言葉だったのに。

「そうなんだ……」

神野のひと言で、それが記憶から一気に追い払われてしまったようなあっけなさに、千晶は呆然とする。

「一度、病院で検査を受けてみたらどうだ」

言葉の出ない千晶を、神野は胸におさめたまま、宥めるように背中を撫でる。

それに千晶は首を振った。

「……いい。必要になったらで……」

必要になったら、という言葉に、神野はどこか複雑そうな声で、短く、そうか、と答えるだけだった。あまり、考えたくないことだと思ったのかもしれない。

確かに、神野と一緒にいようと思ったら、子どもを作る能力の有無はさほど問題にならないだろう。千晶が彼の元を離れて、別の女の人と家庭を持とうとでも思わない限り。

千晶にとっては、それを選べる、と言われても、とうてい想像もできないことだった。

「……俺、ほんと、何をやってもだめだ。そんな、勘違い……」

じわじわと、言われたことが胸に落ちてくる。

苦しむ必要も、怖がる必要も、なかったのかもしれない。それが分かったのだから、喜ぶべきことなのだ。けれど、いつまでたっても、嬉しいという気持ちは浮かんでこなかった。せめてそれを教えてくれた神野に喜んでみせようと思うのに、無理に作ろうとした笑顔は、自分でも分かるほど、はっきりと引きつっていた。

「ば、ばかみたい……」

あはは、と声に出して笑おうとしたのに、声が震えて言葉にならない。馬鹿みたいだ、と繰り返した千晶に、神野は首を振った。

「ずっと苦しんだだろう。怖かっただろう……」

顔さえ上げられないほどの強い力で腕に抱かれて、神野が言うのをただ聞く。それが神野の言葉なのか、あるいは電話越しに聞いた両親の言葉なのか、千晶には分からなかった。どちらでも良かった。たとえ抱え続けてきたこの恐怖が杞憂であっても、そうでなくても。

「こ……怖かった」

子どものようにあふれ続ける涙を止められないまま、千晶は神野の胸にすがりついた。

「怖かった。ずっと、嫌だった……」

次から次へと零れる涙の滴は、ふわふわのやわらかいパジャマの布地がすべて吸い込んで消えていった。千晶が泣き疲れて眠るまで、神野はずっと、千晶の痩せた背を撫で続けた。

ずっと怖くて、苦しかった。誰かを傷つけるだけの存在でしかない自分でいることが嫌で、生きていることが辛かった。

それを分かってくれる人がいて、受け止めてくれる人がいるのなら、もうそれだけでいいと、そう思った。


夢の中で、千晶はあのロボットに出会った。あたりは草木がみんな枯れ果てて、他には生きているものの何もない、寂しい場所だった。

そこにひとりでぽつんと立ちつくす彼を見上げる。黒い影が、長くまっすぐに地面に伸びていた。

「ごめんね」

ほんとうなら、彼は友達がいる、みどりのあふれる美しい世界にいる。それを、千晶の心が勝手に、こんなに寂しい場所にひとりで追いやった。寂しいのは他でもない自分自身なのに、それすら認めようとせず、彼に背負わせた。

「でもたぶん、もう大丈夫……」

だからごめん、と大きなロボットを見上げる。彼はその言葉を理解したように、頭を小さく動かした。そうして、千晶に向けて、長い腕を差し出す。

「あ……」

機械の腕に大事そうに抱かれていたのは、白いおくるみに包まれた小さな赤ちゃんだった。髪の毛と呼ぶにはまだあまりにも頼りない、ふわふわの産毛《うぶげ》は色も淡い。閉じた目蓋も、きゅっと閉じられた唇も、どこもかしこも小さくて、それでも確かに、ひとのかたちをしている。真っ白な布に大切そうに守られて、その子はぐっすりとよく眠っていた。

「うん。うん、大事にする……」

頷く千晶の手に、ロボットはゆっくりとおくるみを預ける。完全にその手が離れた瞬間、千晶は、きっともう二度と、夢の中で彼に会うことはないのだと悟った。

さよなら、と顔を上げたその瞬間、手の中の、赤ちゃんをくるんでいたはずの白い布が突然消えた。はっきりと重さを感じる間もなく、千晶の手に触れて、それはかたちを変える。細かく砕かれた、無数の光の粒になって、何もない寂しいその場所にきらきらと舞い上がった。

細かな黄金のかけらが、立ちつくした千晶の頭上から降り注ぐ。口を開ければ、喉の奥まで金の粒子が積もっていく。身体だけでなく心ごと、千晶のすべてが黄金に変わっていく。光の粒が目蓋の奥に入り込んで、何も見えないほど、視界がいちめん真っ白に明るくなった。明るく輝く世界で、ロボットの姿はもう消えてなくなっていた。さよなら、と、金に作りかえられた心で、もう一度千晶は呟く。ひとつぶ零れた涙は、黄金の破片として地面に落ちて、枯れた土の上で光になってはじけた。

そこで、目が覚めた。

（……変な夢）

意識が覚めても、目蓋が重たくて、しばらく目を開けられなかった。腫《は》れているのが感覚で分かる。泣きすぎたせいだろう。暗い中、ぱちぱちと何度か瞬きをする。すぐ隣で、神野が静かに寝息を立てていた。その腕は千晶の背に回されたままだ。ずっと、胸に抱かれて眠っていたのだろう。

息をひそめて、その顔を見上げる。険のある、険しい寝顔だった。眉間《みけん》の皺を、指先で撫でてほぐしてあげたくなる。

深い眉間の皺を指先で撫でながら、千晶は、神野がくれた言葉を、いくつも思い出していた。怖かったこと、苦しかったことを、知ってくれていること。いい子だ、という、いじけた顔をしている、千晶の心の中の幼稚園児を撫でるような言葉や、自分を大切にする方法が分からないのだろう、と、甘く低く笑われたことや、それから。

――きみの命とともにありたい。

あれは命そのものを、この人の黄金の手に抱きしめられるような、そんな言葉だった。じわり、と、瞬きをしようとしただけなのに、目蓋が濡れていた。

「神野さん」

この人に出会えたことが、とても幸せだった。

深い息をして、千晶はふいに、自分の心が、きらきらとした光でいっぱいになっていることに気付いた。心だけではない。いつの間にかそこがいっぱいになって、身体の外にもあふれたように、目の前にあるものすべてが、光を帯びたように輝いて見えた。これはまだ、さっきの夢の途中だろうか。

瞬きをする。自分の手のひらも、ぴかぴかと光り輝いている。千晶のすべてが、あの夢のとおり、いまは黄金に作りかえられたようだった。

（黄金の手……）

これは神野が、時間をかけて、ひとつひとつ丹念に手や言葉で触れてくれたからだ。心にも身体にも、ひとふれ、ひとふれ、丁寧に触れて。

そうやって、少しずつ、光を与えてくれていた。

「神野さん……」

いっぱいになった気持ちが零れて、目の縁から涙がひとつぶ落ちる。明るくてきれいな世界が、眩しかった。

ぽんこつだった千晶の人生はずっと、こんな自分でいるのが嫌だ、こんな自分でいるのが辛い、と思うことの連続だった。自分が自分でいることが、ずっと苦しかった。

けれど、こんな自分だったからこそ、神野に会えた。この人のことを好きになったし、好きになってもらえた。未熟で、できることの少ない千晶だから、まだまだこの先、様々なことに悩んだり、つまずいたりするだろう。それでも、何があっても、神野の指先からともしてもらった小さな光は、ずっと千晶の胸の中にある。どんなに暗い中でも、きっともう、迷わずにいられる。

だから、ともにありたいと言ってくれた人の行く道も、この光で明るく照らし続けたかった。導く、羅針盤になれるように。

いまは、満たされた気持ちで、そう思えた。

「……千晶？　眠れないのか」

じっと見つめている眼差しを感じ取ったのか、眠っていたはずの神野が目を開く。眠りが浅いのだろうか。それとも、このきらきらとした光が、この人の眠りを妨げるほど、眩しかっただろうか。いいえ、と、笑って、そっとその頬に口づけた。

「……ああ、そうだ。次の休みに、買いものに行こう。きみに必要なものを、揃えなくては」

「俺、枕と布団《ふとん》さえあれば大丈夫ですよ」

神野に任せておくと、とんでもないものまで買い与えられかねない。なにもかも大人が揃えてやる義務があるような子どもではないのだから、というつもりで千晶は口を挟んだが、神野はまるでそれを聞き流すように、からかうように言い返してきた。

「砂糖とミルクも必要だろう」

なにも入れていないコーヒーを、苦い、と千晶が思ったことも、お見通しだったのだろう。

「……きみにあれこれ与えたいと思うのも、俺の道楽のようだ。悪いが、気がすむまで付き合ってくれ」

静かに息をついて、神野は目蓋を閉じる。

「おやすみ」

おやすみなさい、と返すかわりに、千晶は囁くように笑った。

「神野さん、俺、家具を買うなら、ほしいものがあるんです」

「かぐ……何だ」

神野は閉じていた目を開いて、ぼんやりとした声で聞いた。はたしてこれは、明日の朝になっても覚えていてもらえるだろうかと思いながら、千晶は答える。

「椅子がほしいんです。自分の」

きっともう、座ることができる。この世界にいてもいい、と、居場所を与えてもらえたから。

笑って言った千晶に、ああ、と曖昧に返事をして、神野はまた目を閉じた。その閉じた目蓋に、千晶はそっと触れるだけのキスをする。いま千晶が見ているきれいな世界を、少しでも、この人に見せたい。光に満ちあふれた心で、そう思った。

同じ夢を見るために、大きくてあたたかい手に包まれて、千晶も瞳を閉じた。

目を閉じても、目蓋の裏に光の粒がきらきらと舞うようだった。

もうひとりではないから、闇でさえ、黄金に輝いて見えた。

フローレス

「どこかお身体《からだ》の具合が悪いのですか？」

来週のスケジュールについての確認が終わったかと思うと、何の前触れもなく聞かれた。

「突然どうした」

「いえ。そんな噂《うわさ》がありましたので。企画の若い子達が、社長のことを心配しているようです」

理知的な、冷静な表情は一切崩さずに、秘書の三好《みよし》は淡々と答えた。企画、と聞き、その思いがけない問いかけがどこから発生したものなのかすぐに気付く。

「ああ。新しい店の件だろう。……なるほど、そう思われたのか」

つい先日、新しく立ち上げたプロジェクトチームの誰かが、そのように懸念を抱いているのだろう。

神野《じんの》が小さく苦笑すると、三好は静かに手にしていた手帳を閉じた。有能な秘書を絵に描いたような彼女は生真面目《きまじめ》で、職務に関係のない会話はほとんどしない。神野自身も雑談が得意な質《たち》ではないので、そうした意味でも、一緒に仕事をする上では申し分のない存在だった。

その秘書が珍しく、何か言いたげな顔をしていた。

「どうした」

「……入院や手術の予定があるようでしたら、早めにおっしゃってくだされば調整します」

「ひとを勝手に病人にしないでくれ」

社内に流れている噂は、彼女にとっても無視できないものだったらしい。眼鏡《めがね》の奥の瞳が、神野に納得のいく説明を求めていた。

「今後、店舗の経営については縮小していくとおっしゃったはずです。その考えを改めたのにも、理由があるのかと」

「理由。……理由か」

新しい試みは、思いも寄らぬところで波紋を作っていたようだ。

それほど、らしくないことをしようとしているのかもしれない。確かに、これまでの神野なら、見向きもしないような分野だった。

現在、新しく立ち上げを考えている店は、いわゆる自然派をコンセプトにするものだ。オーガニックフードやナチュラルフードを提供して、店内で有機野菜の販売や、食育にかかわるワークショップなども展開できればと考えていた。

顧客も事業主の側も、圧倒的に女性の多い分野だった。けれど、同系列の店をいくつかリサーチしてみて、その手の店を営む男性オーナーも決して少なくないことが分かった。彼らの多くは、健康上に問題を感じたことがきっかけで、はじめて食というものを意識するようになった、というレポートも上げられていた。

だから、神野も同じだと思われたのかもしれない。

「大切なものができたから、だろうか」

自然食品など、いわゆる「からだに良い」ものに興味を抱くようになったのはつい最近のことだ。それまでは、一定の利益は出せるだろうが手間のかかるもの、という、商材のひとつという認識しかなかった。

「若くて可愛《かわい》らしい恋人ができたから、そのために長生きしたいということですか」

若干、拍子抜けしたような顔で、秘書は言った。

世事に疎いところのある神野は、何かにつけて、彼女に意見を聞くことが多かった。一般的にはどう対処することがよしとされるのか、様々なことで助言をもらっていた。恋に落ちた相手に、想いを打ち明けるときにはどうすれば効果的かということも。だから、千晶《ちあき》のことも知っている。

「それもあるが」

「分かりました。個人的なお話だと思いますので、もうそれ以上は結構です」

どこにも悪いところがないのならばそれでいい、とでも言いたげに、三好は一礼して、部屋を去っていった。その姿勢の良い後ろ姿から、壁にかけた時計に目を滑らせる。もうじき、約束をしている時間だった。

(長生き、か)

それも、理由としては悪くないかもしれない。確かに、神野と若い恋人の間には、年齢の差がある。

けれどそもそものきっかけは、自分ではなく、彼に良いものを食べさせたいという理由だった。

実家を出てからの千晶の食生活は、とても誉められるようなものではなかった。今時の若い者らしいといえば、それまでなのだろうが。アルバイト先のまかない以外は、コンビニエンスストアで購入するインスタント食品や甘い菓子パンだけを食べて生きていた。栄養の偏りなど、考えたこともなかったという。

あれを食べろ、これを食べてはいけない、と、管理したいわけではなかった。ただ、彼のためにできることがあるのなら、どんなことだってしたいという、それだけのことだった。

「こんにちは……」

各店舗から送られてくる、売上額の定時報告書を確認していると、かすかに声が聞こえた。遠慮したようなその声に、顔を上げる。時間より、少し早く訪れたようだ。

「社長はまだ仕事中ですので、こちらでお待ちください」

神野のいる部屋には、扉はない。パーテーションで仕切られて姿は見えないが、小さな会社なので、来客があればすぐにその声が聞こえた。

秘書に声をかけられて、あ、あ、と、上擦《うわず》った声が頷く。

「み、三好さん。あの、俺、いつも……」

千晶は女性が苦手なのだという。その原因になる、幼い頃から抱えてきた彼の心の傷を、いまの神野は知っている。千晶自身が、このままでは駄目だ、と、そんな自分をふがいなく思って変わろうと努力していることも。

どうしてもこれだけは言わなければ、と、今日は決めていたのだろう。意を決したように、千晶が小さく息を吸う音さえ聞こえるようだった。

「いつも、旦那《だんな》さんをおいしくいただいています……！」

その声が社内中に響いた。もう就業時間は過ぎていて、社内に残っている人間は少ないはずだ。それでも、ややあって、どこかで小さく笑い声が漏《も》れる。

間をあけて、あっ、と千晶は声を上げた。

「料理です。旦那さんのお料理のことです」

「そうですか。ありがとうございます」

慌てて言い間違いを修正する千晶に、秘書はいつものように、淡々と返した。おそらく表情も冷静なままだろう。笑われなかったことに安堵《あんど》したように、千晶は、いくぶんかやわらいだ声で、はい、と頷《うなず》いた。

「俺、三好さんに聞きたいことがあって……。あの、秘書って、どうやったらなれるんですか」

それは神野にとっても、意外な質問だった。仕事の手を止めて、ついその会話に耳を傾けてしまう。

「なんか、資格があるんですよね。えっと、メモしてきたんですけど……。あった、ひ、ひしょけんてー……」

「秘書検定です。私も受けましたけれど、必ずしも実務に必要な資格というわけでもありませんよ」

「どんな内容の試験なんですか」

「そうですね。ビジネスマナーとか、簡単に言ってしまえば一般常識です」

「常識……」

深く感じ入ったようにその単語を繰り返し、千晶は黙り込む。

何かをじっと考え込むような、真剣な顔つきが、目に浮かぶようだった。


どこか緊張した面持《おもも》ちで打ち明けられたのは、今朝のことだった。

——晴人《はると》が、帰ってきてるみたいなんです。話をしに行こうと思って。

神野にとっては、あまり聞きたくない名前だった。そのことが分かっているから、千晶も、どう切り出したものか、と若干迷っているような素振りを見せていた。

直接の面識はない相手だ。けれど、千晶の中に、かつて大きな存在を占めていた男だと思うと、どうしても良い感情は抱けなかった。どのような扱いを受けてきたかも、おおよそ知っているから、余計に。

――分かった。だが、ひとりでは行くな。

だから、そう約束させた。仕事が終わる頃を見計らって、会社にお邪魔します、と千晶は神妙な顔で頷いた。

「車の中で待っててください。外だと寒いし」

「何かあったらどうする」

千晶を送るために、何度も車を走らせた道を、久しぶりに通る。あの頃は、そのわずかな時間が、一日の中で何よりも待ち遠しかった。荷物でいっぱいだった大きな重い鞄を膝《ひざ》に乗せて、ぎゅっと腕に抱えていた不安気な姿を思い出す。

「大丈夫ですよ」

千晶の膝には、やはり同じ鞄があった。けれどいまは、それにはほとんど中身が入っていない。必要最低限のものしか持ち運ばず、残りの物は、神野とともに暮らす部屋に置くようになった。

あまりに軽くなってしまった鞄を、いろんなところに置き忘れたり、落としてもすぐに気がつかないほどだと、そう言って千晶は笑った。

道の端に車を停める。待っていてほしい、と言ったはずの神野も一緒に車を降りたことに、千晶は少し、困ったような顔を見せた。

「……そこの、公園にいる」

できることなら、アパートの部屋の前で待っていたかった。千晶はそんな心配はないと言い張るが、神野にとって大人《おとな》しく聞ける話ではなかった。もし何かあった時のために、すぐにでも駆けつけられる距離にいなければならない。

「ありがとうございます。できるだけ、早く切り上げるようにするから」

いってきます、と千晶は駆けて行った。それを追いたい衝動を抑えて、しんと静まりかえった夜の公園に足を踏み入れる。白い街灯の光を頼りに、木のベンチを探し、そこに腰《こし》を下ろす。

(千晶)

ほんとうに、大丈夫だろうか。やはりここではなく、もっと近くに行くべきではないか。この期《ご》に及んでもしつこく迷ったが、千晶の言葉を信じるべきだと意を決める。

(……きみがいないと、この場所は暗くて寒い)

暗い空を見上げる。神野がこの公園に足を踏み入れたのは、過去に二回だけだった。時間も、同じく夜だった。その時は、千晶がここにいた。居場所がなくて、他に行くところを知らなかったのだろう。

——神野さん。

こちらに気付くと、うつむかせていた顔を上げて、名前を呼んだ。笑うと、寒そうに冷えた白い頬に、わずかに赤みが浮かんだ。ぱっと光がともったような、眩《まぶ》しい笑顔だった。

彼がいた。だから、暗いとも、寒いとも思わなかった。この公園だけではなく、ともに歩いた道も、冷たい雨の中でも。

——戦わない、優しいロボットなんです。

強い力を秘めているわけでもない。それでも、一度その目を合わせてしまうと、黒く澄んだ瞳のことを忘れられなくなった。まるで汚いものもずるいものも何も知らない、赤ん坊のような純粋無垢な瞳だった。

——俺はそれが、かわいそうで、すごく寂しいだろうなって思って……。

その目に映された自分の姿を、神野が知ることはできない。千晶の心の中でしか、像を結ばない姿だ。

神野は幼い頃から、ずっと厳しく育てられてきた。物も、人も、環境も、何もかも、手渡される前に大人が選別した。良いものを、ふさわしいものだけを手に取るよう、選ぶように教え込まれてきた。友人も、恋人も。だから、友情や愛情がどんなものかは教えられて知っていたが、心では、何も知らないままだった。プログラムさえあれば、その通りに求められた動きができる、ただの機械と同じだった。

家を出て、自分ひとりだけで生きられるようになっても、服や物を選ぶ時には、深く考えもせずにいつも黒を選択してしまう。幼少の頃からの、黒はきちんとした色だ、という刷り込みが、いまだに消えない証拠だった。他人に嫌悪感を与えるわけでもないだろうと、それに関しては自分自身でも放置している。

家柄、育ち、成績、収入、社会性。幼い頃から周囲を取り囲んでいた大人たちは、そんなフィルターを使って他人を選別していた。彼らが千晶を目にすれば、おそらく、なんの価値も見抜けずに放り捨ててしまっただろう。優しく素直であることも、純粋さも、彼らの価値観では、「大人の男」に求められるものではない。

誰も傷つけたくないと怯《おび》え続けた、その寂しい優しさに、彼らは一生、気がつくことはない。そんなものは、なんの利益も生み出さないから。

だからそれは、神野が見出《みいだ》した、神野だけの価値だ。他の誰にも、きっと理解できない。

神野を持ち上げたがって面白がる人間が「黄金の手」などという言葉を用いたのは、いつからだろう。神野にとってその呼び方は賞賛などではなく、何もかもを金儲《かねもう》けの手段にする冷たさを揶揄《やゆ》される言葉でしかなかった。その手は、大切な、自分にとって特別なものでさえ黄金に変えてしまうのだから。

（……ロバの王様、か）

千晶にとって、ミダス王は欲に目がくらんで皮肉な結果に追い込まれた人間ではなかった。ロボットが金を稼ぐのだけが得意な機械ではなく、優しくて寂しい存在であるように。

彼の目にしか見えないものを、神野はもっともっと、知りたいと思った。そんな千晶とともにいれば、冷たい機械にならずにいられる気がした。

千晶は、神野にとって特別なただひとりだった。

アパートのある方角に目を向ける。あたりは静まりかえったままで、何も聞こえない。やはり様子を見に行くべきか、と、信じると決めたことさえも危うくなりそうで、小さくかぶりを振る。

気を紛らわすために、携帯端末を取り出す。いくつか、メールが届いていた。

仕事に関するものがほとんどの中、一件だけ、見覚えのない相手から送られてきたものがあった。差出人を確認する。

（柏山《かしやま》……）

一瞬の間を置いて、それが千晶の名字《みようじ》であったことを思い出す。

それは千晶の父親から送られたメールだった。すでに何度か、電話ではやりとりしているが、メールを受け取ったのは初めてのことだった。

本文を確認する。先日、電話をした際に話していた、千晶の住民票についての確認だった。都合の良い時に連絡をしてほしい、とのことだった。

神野とは違い、千晶にとって、両親は決して疎ましい存在ではない。近頃では、連絡も取り合っているようだし、いずれ神野も一緒に食事に行こう、という話もしていた。明るくて元気な母親は専業主婦で、穏やかなゆったりとした話し方をする父親は、理工系の大学の准教授なのだという。みどりについて研究しているのだと千晶は教えてくれた。

植物が専門だと聞き、神野にはなんとなく、腑《ふ》に落ちるものがあった。不運な食い違いによって影を落としてしまったとはいえ、千晶の優しい性質は、両親に愛されて育った過程によるものだろう。それは、大きくなりなさい、とたくさんの水と光を注がれてすくすくと育つ植物を連想させた。

帰宅したら連絡を入れよう、と考えながら、他のメールを確認する。新しく立ち上げを検討している店について、有機野菜を扱う農家をいくつか紹介してもらっていた。届いたリストを眺めながら、神野はまた、これまでに考えたこともないようなことを思いつく。

（野菜を育ててみるというのはどうだろう）

少し車を走らせれば、十分な畑が借りられる。道具を揃《そろ》えて、苗を買う。子どもの頃でさえ土に触れた記憶がほとんどない神野にとって、それはまったくの、新しい世界だった。

陽の光を浴びて身体を動かす作業は、健康にもいい。陽に灼《ひや》けないよう、千晶には麦藁帽子《むぎわらぼうし》を被《かぶ》らせねばならない。きっと、似合うだろう。その姿を想像して、神野はひとり、かすかに笑みを浮かべた。

「……うれしいお知らせですか？」

それを、見られていたようだった。顔を上げると、当の本人が目の前に立っていた。走ってきたのか、肩が揺れている。吐く息を白くしながら、千晶はふわりと笑った。

「ちゃんと、言ってきました。もう会わない、俺には神野さんがいるからって」

端末をしまって、立ち上がる。両手のひらで、やわらかい頬《ほお》に触れた。どこにも、傷はないようだった。

「でも、ごめんなさい、ひとつだけ……」

頬が赤いのは、走ったせいだけではないようだった。街灯の光の下で見た千晶の目は、赤く潤んでいた。

ごめんなさい、と、かき消えそうな声で言われ、肩に額を押し当てられる。その肩を抱いて、髪を撫《な》でる。

やがて千晶は、ぽつりと口を開いた。

「もう会わない。会わないけど、もしこれから先、晴人が誰かと結婚して、それで子どもが生まれたら」

触れる肩と声が、震えていた。何も言わず、ただ聞いていることを伝えるために、神野は頷いた。

「俺の実家に、その子の、写真だけ送ってほしいって頼んだ……」

ゆっくりと顔を上げ、千晶は神野を見た。これだけは許してほしい、と乞《こ》う、思い詰めたものさえ浮かべる眼差《まなざ》しに、自分が残酷なことをした気になる。

いびつで、あるべきでない関係は絶たせたかった。けれど、千晶にとって、それはずっと、生きるために必要なことだったはずだ。断ち切るのは、簡単なことではなかっただろう。

「謝らなくていい」

たとえ病気による影響が実際には残っていないとしても、千晶にとって、それはずっと抱えてきた傷であることに違いはないのだ。神野に、責められるはずがなかった。

おずおずと腕を回され、きゅっとしがみつかれる。その背を抱き返して、冷えた頬をあたため合うように、しばらく何も言わずに身を寄せていた。

「神野さんも……」

千晶は神野の胸に頬を押し当てたまま、ふいにそんなことを言った。

「神野さんも、女の人と結婚したら、きっとかわいい赤ちゃんが生まれるよ」

俺は分かんないけど、と、小さく付け加えるように呟《つぶや》く。

「そうなったら、俺は、その子にも会ってみたいと思う……」

ぼんやりと、遠くを見ているような言葉だった。実際に、そんな時が来ることを思い描いているのだろうか。顔を隠すように押しつけられて、神野にはその表情を見ることができない。

もし、ほんとうに、そんなことが起こったら。

千晶はやはり、新しい命の誕生を喜ぶのだろう。そして、神野の前からいなくなる。

離れなければならないことを悲しくて寂しいと思いながらも、生まれた赤ん坊を目にして、心からその存在を慈しみ、泣いて、一度だけそっと抱き上げるのだろう。

そうして神野の元を去って、二度とあらわれない。心の中に、ずっと神野のことを残したまま。

「そうだな。そんな人生も、あるのかもしれない」

もし千晶に出会わないままだったなら、別の出会いがあったのかもしれない。それはそれで、また、違う何かを得られる生き方ではあっただろう。

「でも、その人生には千晶がいない」

それなら神野は、他の何よりも、彼を選びたかった。

う、と千晶が小さく呻《うめ》いた。小さく肩を震わせて、神野の胸を涙で濡《ぬ》らす。彼が落ち着くまで、神野はずっとその背を抱いて、髪を撫でていた。

千晶が腕の中にいるから、もうその場所は、寒くも、暗くもなかった。

帰り道に寄った書店で、千晶は秘書検定のテキストを買っていた。

部屋に帰るなり、コートも脱がずにソファに座り込み、夢中になってそれを読んでいるようだった。普段はぼんやりとしているのに、こういう時の千晶の集中力には、凄《すさ》まじいものがあった。声をかけずに、そのままにしておくことにする。

秘書になりたいのか、と尋ねてみたところ、小さく首を振られた。

――そういうわけじゃないんですけど。というより、たぶん無理だと思うし……。

でも、と、買ったばかりのテキストを胸に抱えて、千晶は言った。

――神野さんの仕事を手伝えるようになるには、どうなればいいのか知りたくて。あと、常識の勉強にもなるかもしれないから。だからやるだけやってみます。

少し照れたような、それでも清々《すがすが》しい笑顔だった。

勉強の邪魔をしてはならない、と思い、触りたいのを我慢して少し離れる。千晶の父親に、電話をすることにした。

『もしもし。柏山ですが』

穏やかな声の相手に、挨拶をして用件について話し合う。ややこしいことではなかったので、確認事項についてはすぐに話が終わってしまった。個人的な興味もあり、雑談になる。

「柏山さんは、大学の先生をされているとうかがいましたが」

『はは。大したことはございません。もうじき学生が休みに入るので、やっと自分の研究に集中できます』

「植物について研究をされているそうですが、ご専門は何を？」

『そうですな。まあひとことで言えば、ユーグレナです。神野さんは食品業界にも詳しいでしょうから、名前を聞いたこともおありでしょう』

「はあ。まあ」

テキストに没頭しているらしい千晶の、丸まった背中を見る。その丸いシルエットは猫のようだった。

『馴染《なじ》みのある風に言うなら、ミドリムシですな』

その後も、いくつか他愛ない話をして、電話を切った。千晶は小さい頃から季節の変わり目に体調を崩すので、迷惑をかけるかもしれないがよろしく頼む、と伝えられた。

（ミドリムシ……）

父親の仕事について、千晶は、みどりの研究だと言っていた。嘘《うそ》は、ついていないのだろうが。

「……千晶。千晶、ちょっとこっちへ来なさい」

ちょうどテキストが区切りのいいところだったのか、声をかけると、彼はすぐに顔を上げて、はい、と立ち上がった。

「いま、きみのお父さんと電話をしていた」

その声もまったく耳に入っていなかったのか、え、と千晶は驚いた。改まって呼ばれるくらい、大事な話をしたのだろうか、と考えているのが、その表情にありありと浮かんでいる。

「ふ……」

その顔を見ていたら、笑いが込み上げてきた。抑えきれず、声を上げて、笑ってしまう。

「じ、神野さん……」

千晶が、見ているものが信じられないとでも言いたげに、戸惑った顔をしていた。

神野も、こんな自分が新鮮だった。声を立てて笑うことなんて、いったい、どれくらい久しぶりのことだろう。

「お……俺のお父さん、そんな面白いこと言ったんですか……」

いや、と、笑いすぎて目の端に滲《にじ》んだ涙を拭《ぬぐ》う。何があったのか、と困惑している千晶を、たまらず、胸に抱きかかえる。

ミドリムシは植物だろうか。水の中で光を与えて育つから、そうなのだろうか。光をあびて、愛情こめて育まれた、健《すこ》やかな魂。

優しすぎるから、必要以上に悲しんだり苦しんだりして、痛い目に遭うことも、ひとよりずっと多いのだろう。だから、この先はずっと、彼とともにありたい。そばにいることで、防げる苦しみや和らげられる痛みがあるのなら、どんなわずかなことでも、力になり続けたかった。彼を守りたかった。その弱さも優しさも、千晶のすべてが、神野をあたたかい血の通う人間として生かし、守り続けてくれるものだと知っているから。

「素晴らしいご両親だ」

素晴らしい両親に育てられた、素晴らしい息子《むすこ》だ。千晶にかかわるすべてのものに、感謝を捧げたいような気持ちになる。

胸に抱き込んだまま、その額と頬に、何度も軽く口づけを落とす。

「野菜を育ててみないか、千晶」

「野菜？」

「そうだ。土を作るところからはじめて、苗を植えて、手入れをして収穫する。俺も、経験はないんだが」

「……やってみたい。かも」

すぐにうまくはいかないだろうし、収穫できるまでには、長い時間もかけなければならないだろう。時間をかけて、ともに、新しいものを育《はぐく》んでいく。

「俺、トマトがいいな」

目を閉じて、神野のキスを受けながら、千晶がくすぐったそうに笑う。

ああ、と頷いて、神野も目を閉じた。その光景を、思い浮かべる。

どこまでも青く晴れた空の下、青々と葉を茂らせた野菜たち。緑の葉の合間から、千晶が顔を覗《のぞ》かせて、神野に向けて大きく手を振る。

手にしているのは、きずひとつない、完璧な宝石のような真っ赤なトマトだ。

きらきらと光を帯びるように、麦藁帽子を被った千晶が、満面の笑みを浮かべている。

それはどんな黄金よりも輝く、神野にとっての幸福そのものだった。

その日までの

「千晶《ちあき》、明日は休みだったな」

朝食の席で、ふいに神野《じんの》がそんなことを確認してきた。

「は、はい」

なんということのない会話のはずだ。それでも聞かれた千晶は、ついつい動揺してしまった。ちょうど、ぐちゃぐちゃのスクランブルエッグにケチャップをかけようとしていたところだった。動揺のあまり派手にかけすぎてしまう。

「休みです」

真《ま》っ赤《か》に染まった皿を前に、休みです、と、一度では足りない気がして、二度三度と繰り返す。

「何か、予定は」

「まったくありません」

神野はそれを聞いて、そうか、と笑った。相変わらず、目元と口元がほんのわずかに緩む、ささやかな笑顔だ。

それが彼の喜びを伝える表情なのだと、いまの千晶はよく知っていた。

「今日は、できるだけ早く帰るようにする」

「は……はい」

玉子を真っ赤に染めるだけ染めて、手が止まってしまった千晶に、食べなさい、と神野が促す。それにぎこちなく頷《うなず》いて、千晶はフォークを手に取った。

神野とこの部屋で暮らすようになって、もうじき、ふた月になる。

かつて、神野はこの部屋のことを、ほとんど寝るために帰るだけの場所だと言っていた。その言葉の通り、千晶が生活に必要だと思い浮かべるようなものが、極端に少なかった。広くて立派な台所には、鍋のひとつも置かれていなかったのだ。

神野は千晶から、家賃や生活費を受け取ろうとしない。だからせめて、と、細々とした物を自分で揃《そろ》えていった。食器や調理器具を買って、料理の本を買った。

ほかの物事と同じように、千晶にはやはり料理の才能もなかった。毎朝、目玉焼きを作ろうと思って失敗して、結局ぐちゃぐちゃのスクランブルエッグになってしまう。ときたま奇跡的にちゃんと目玉焼きができることもあるが、いまのところ十回に一度くらいだ。パンとコーヒーと、野菜を切ったサラダと玉子を焼いたもの。それが現時点で、千晶に作れる朝食だった。

神野は毎朝、代わり映えしないそのメニューを黙々ときれいに食べてくれる。千晶は、それが嬉《うれ》しかった。

「行ってくる。きみも、気をつけて行きなさい」

シフト勤務の千晶は、神野とは家を出る時間が違う。だから毎朝、先に仕事に行く神野を玄関で見送る。

「はい。神野さんも」

言葉を交わすだけの見送りだ。それでも、神野は玄関を出る寸前、必ず千晶の目をまっすぐに見つめる。時間にすればほんの数秒の短い間のことだけれど、その目はいつも、とても優しい。それはたぶん、神野にとって行ってきますのキスのようなものだろう。千晶はそう思っている。

もうじき、冬が終わる。殺し屋のような黒いロングコートを着たこの人の姿も、そろそろ見納めかもしれない。夏にはどんな格好をするのだろう。半袖《はんそで》になってもやはり黒ずくめなのだろうか。そんなことを考えながらキッチンに戻る。

(……それにしても……)

食器を洗いながら、千晶はさきほどの神野の言葉を思い返していた。明日は休みだろうと確かめられて、今日はできるだけ早く帰ると言われた。あれは、もしかしたら。

(あ、あれってもしかして『今晩はするぞ』ってことかな……)

蛇口から流れる水に触れる自分の指先が、熱湯に浸しているように熱くなる。指先だけではなくて、耳も頬《ほお》も、きっと赤くなっているだろう。恥ずかしいことを考えてしまった。

しかし、考えれば考えるほど、そうとしか思えなくなっていく。ざぶざぶと食器を洗い流し、濡《ぬ》れた手のひらで頬を冷ます。低い声が、耳に蘇《よみがえ》る。明るい、朝の早い時間から神野がそんなことを言うなんて、思ってもいなかった。

手のひらから水がぽたりと零《こぼ》れて、千晶の足の上に落ちた。裸足《はだし》の皮膚《ひふ》に触れた水滴のことも、まったく冷たいと感じなかった。じわじわと胸にあたたかい熱があふれて広がっていく。

(……よかった)

嬉しい、という気持ちよりも先に浮かんだのは、安堵《あんど》の言葉だった。よかった、ともう一度、今度は声に出してぽつりと呟《つぶや》く。身体《からだ》から力が抜けて、千晶はそのままキッチンの床に座り込んだ。安心したあまり、気を緩めると涙が出そうなほどだった。こんなことくらいで、と、自分の大袈裟《おおげさ》さに情けなくなる。

千晶にとって、神野とこの部屋でともに暮らすことになった時間は、彼と恋人になってからの時間と同じだ。それが、もうじきふた月たつ。

毎晩、同じベッドで寝ているし、食事もできるだけ、お互いの時間に合わせて一緒に取るようにしている。けれど今日にいたるまで、神野とほんとうの意味で抱き合ったことは一度もなかった。

――大切にされるというのがどういうことなのか、その身体で知りなさい。

その言葉の意味を教えてもらった、あの時限りだ。キスは毎日する。手や口も使う。けれどそれは、お互いに、というよりは、千晶が一方的に気持ちよくしてもらって終わりだった。少なくとも、千晶はそう思っていた。

（神野さん、嫌じゃなかったかな。またしたいと思ってくれてたのかな）

寂しいなんて、思ってはいけない。そのたった一度を与えてもらっただけでも、本来ならば、喜ばなくてはいけないことなのに。

（それなら、よかった……）

立ち上がって、食卓をきれいに拭《ふ》く。テーブルの上に、勢いあまってケチャップが少し零れていた。それを、指の先ですくい取る。

赤く染まった指を見ていたら、神野にはじめて出会った日のことを思い出した。

もうずいぶんと、遠い日のことのようだった。


今日のアルバイトは、昼からのシフトだった。混み合うランチタイムが終了して、それまでの賑やかさが嘘《うそ》のように店内は静かになる。洗い物と、夜の時間帯に向けての仕込みが行われている厨房からの物音を聞きながら、千晶はフロアの掃除をする。

近頃では、皿やグラスを割る回数が、目に見えて減った。焦らなくてもいい、と神野やこの店のシェフが言ってくれたことで、少し、肩の力を抜いて働くことができるようになった気がした。

神野とは、将来のことも話している。この店でなくても、やはり飲食にかかわる分野でずっと働いていきたい、と千晶は思っていた。

——きみは不器用で、仕事が身につくまでには、ひとより時間がかかるかもしれない。神野は、それを応援すると言ってくれた。

——だが、ひとと接する上で、いちばん大切なものをちゃんと持っている。どんなに賢くても要領が良くても、それが身につけられない人間は多い。だから胸を張りなさい。

ホスピタリティ、というものだという。簡単にいうと、ひとのために何かをしてあげたいという気持ち、のことらしい。千晶にはちゃんとそれが備わっている、と神野は言ってくれる。自分ではよく分からないけれど、ほんとうにそうなら嬉しい話だ。

目立った失敗もなく、無事に勤務を終える。制服から私服に着替え、ロッカーの扉をぱたんと閉めた瞬間、そわそわと落ち着かない気持ちが足元から這《は》い上がってきた。

（はやく帰ろ……）

バイト中も、ふと気を緩めてしまうと、すぐに神野のことで頭がいっぱいになりかけた。そんなことを言われたわけではないのに、頭の中で勝手に、あの低くて甘い声で「今晩はするぞ」と延々と再生してしまう。その度に頭を振ったり頬をつねったりして、それを追い払った。そのせいか、いつもより、どっと疲れてしまった。

そわそわしながらマンションまで帰って、そわそわしながら夕食と風呂《ふろ》の支度をする。千晶はいま、玉子を焼くのと同じく、豆腐を上手に切る練習もしている。だからその練習の成果で味噌汁《みそしる》と麻婆豆腐《マーボーどうふ》を作って、ご飯を炊く。豆腐は少しずつ、四角く切れるようになってきた。

神野からは、帰りが遅くなりそうなので先に済ませてほしいと連絡があった。だからそわそわしたまま、ひとりで食事をして風呂に入る。

落ち着きなく浴槽の中に身体を浸していると、玄関の扉が開いて閉じる音がした。

(か、か、帰ってきた……!)

早く帰ってこないかな、と思っていたはずだった。けれど、いざ神野が帰宅したとなると、急に緊張してきて風呂場から出られなくなってしまう。いつもより時間をかけて髪も身体も洗ってしまった。顔を見せるだけで、神野にそのことを気付かれそうな気がした。

もともと長くお湯に浸かる方ではないので、すぐに頭がくらくらしてくる。観念して、千晶は風呂を出た。いくつもある白いふわふわのパジャマを身につけながら、あたたかくなってきたらこれもしばらく着られないな、と思う。

「おかえりなさい、神野さん」

鏡を見て、そこに映る自分の顔を眺めてから、千晶は居間に向かった。ものほしげな顔をしていないかどうか確かめたかったけれど、長く入浴していたせいで全身真っ赤に茹《ゆ》だっていることしか確認できなかった。

神野はちょうど、食事を終えたところのようだった。黒いコートを脱いで、暗い色のスーツ姿のまま、静かに食卓についていた。千晶の顔を見て、ただいま、と言って箸《はし》を置く。

「ずいぶん上達した。きみは筋がいい」

険しい顔つきの中でほんの少しだけ目を細めた神野に、誉められる。千晶の作った夕食のことらしい。テーブルの上の皿は、すべてきれいに空になっていた。神野は千晶の作るものを、決して残さない。たとえ千晶自身でさえ完食できない失敗作でも、顔色ひとつ変えずに、黙々と全部食べてくれた。

「そんなこと言ってくれるの、たぶん神野さんだけです……」

生まれた時から、きちんと手をかけられた、良いものばかり食べてきたはずの人だ。いまだって、いくらでも上等な店に食事に行ける。その神野が、千晶の作るものを美味《おい》しいと言って食べてくれる。その姿を見るたび、千晶は、幸せとはこういうことをいうのかもしれない、と思っていた。神野の健康を害しているようで、心配にもなったが。

いつもならふわふわふわと満たされたような気持ちになるひと時だったけれど、今日ばかりは事情が違う。なにしろ明日は、休みなのだから。千晶の方は、もう風呂も済ませているし、準備万端といってもいい状態だ。

「あああ、あの。神野さん。俺、もう」

用意はできています、と伝えるつもりで、けれども舌がもつれて絡まる。自分からこんな風に誰かを誘ったことなどなくて、どういう言葉を使えばいいのか分からなかった。

「ああ」

流しに皿を運びながら、神野が千晶を見る。分かっている、と、そう頷かれた気がして、一気に頭に血がのぼる。ざあっと血が勢いよく流れる音さえ聞こえそうだった。

しかしそれは、ほんのわずかな間だけの高揚だった。

「俺は仕事が残っているから、先に休んでくれればいい。おやすみ」

「え……」

神野の言葉に、燃えそうなほどに熱かった頬が一瞬で冷える。何を言われたのか、すぐには理解できなかった。固まったまま、その場に棒立ちになってしまう。

「千晶？」

どうした、と不思議そうな神野の声で、我にかえる。きっと顔を赤くしたり青くしたり、ひとりで何をやっているのかと思われただろう。どうにか口を開く。

「じ、神野さん、明日は休みかって、俺に……」

皿を洗おうとしていたのだろう。上着を脱いで椅子《いす》にかけ、シャツの袖を捲《まく》っていた神野の手が止まる。いつも凛々《りり》しく黒い色を身につけている姿に目が慣れているせいか、白いシャツの姿はいまだに新鮮で、目に眩しく感じられるほどだった。これから季節が温まれば、いくら神野でも、黒い色ばかりを着たりはしないのだろう。外国の映画の登場人物のような黒いロングコートを着た冬の神野しか、千晶は知らない。

「ああ、そうか。どこに行くか、決めていなかったな」

大事なことを忘れていた、とでも言いたげだった。

「どこでもいい。きみの好きなところに行こう。明日の朝までに考えておいてくれ」

「あ……」

そこまで聞いて、やっと千晶は自分の思い違いに気付いた。

神野が、明日は休みだろう、と確認してきたのは、つまり、ふたりでどこかに出かけよう、と、そういうことだったのだ。決して、いやらしい意味ではなかったのに。

「考えときます。おやすみなさい……」

どうにか、絞り出すような声で答える。神野の方にそんなつもりがまったくなかったのに、勝手に脳内でさんざん「今晩はするぞ」などと言わせてしまった。そのことが申し訳なくて、恥ずかしくてたまらなくて、千晶は逃げるように寝室に駆け込んだ。千晶、と、後ろから神野の声に追いかけられた気がしたけれど、聞こえないふりをした。合わせる顔もなかった。

部屋の灯《あか》りもつけずに、そのままベッドに潜り込む。時間をかけて丁寧に洗った髪と身体から、爽《さわ》やかな水色の香りがする。その清潔な香りに、いかに自分がひとりで空回りしていたのか、思い知らされたような気持ちになった。

（ば、ば、ばかだ、俺……）

また求めてもらえる、と思って、ひとりで嬉しくなっていた。というより、それ以外の何かなど、思いつきもしなかった。こういう状態をどう呼ぶのか、千晶でも知っていた。

（よ、よっきゅうふまんだ……）

神野は普段、仕事を持ち帰ったりしない。もしかしたら明日、千晶の休みに合わせるために、その分の仕事をこれから済ませてしまうのかもしれない。忙しい人なのに、いつもそうやって、できる限り千晶に時間を割いてくれていることを、よく知っている。

なのに千晶は、神野にもっと触れてほしくて、深く抱き合いたくて、そのことしか考えられなかった。毎晩のように同じベッドで、何も恐れることなく、身体のどこかを触れあわせて眠る。そんな近い場所にいられるだけで、ほんとうは十分、幸せなことであるはずなのに。

わがままで欲張りで、ほしいもののことしか考えられない幼い自分に、嫌気が差す。じわっと目に涙が滲《にじ》みかけて、そんな子どもっぽさにますます情けなくなった。

乾ききっていない髪が冷えて、あたたかい布団の中に潜っていても、身体が震えた。いつも神野がしてくれるように、柔らかいパジャマの生地ごと、自分をそっと抱きしめてみる。

もうすぐ、このぬいぐるみのような手触りのふわふわを着られる季節も終わる。そうなったら、これまでずっと部屋着にしていたジャージで過ごすつもりだった。ジャージはつるつるで、少し冷たい指触りだろう。

ふわふわしていない千晶でも、神野は、きゅっと抱きしめてくれるだろうか。あの指で、変わらず、大切そうに触れてくれるだろうか。

一度不安にとらわれると、ずっと延々とそのことを考え続けてしまう。

自分がどれだけ神野のことを好きになってしまったのか、改めて突きつけられた気分だった。触れられるよりも、触れられないことで思い知らされたのが、寂しかった。

「千晶」

自己嫌悪に丸まっていた千晶を呼ぶ声がした。どうやら、神野が寝室まであとを追ってきたらしい。かつて、寒い夜道をこの人から走って逃げたことがあったのを千晶は思い出した。あの時も、神野はあとを追って探した、と言っていた。

「顔を見せてくれないか、千晶」

千晶はいつも、神野からもらうばかりだ。それが分かっているから、呼びかける声に聞こえないふりをし続けることはできなかった。

もぞもぞと布団から這い出る。小さな灯りの点《つ》けられた寝室の中、神野はベッドの端に腰を下ろして、千晶を見ていた。ほかの誰かがその表情を見たら、どうしようもない千晶に呆《あき》れて、怒っている顔だと思うだろう。

けれど千晶には、神野が笑っているのが分かった。たとえ目も細めていない、眉間《みけん》に皺《しわ》が寄ったままの険しい顔立ちでも、千晶を見る目がとても優しいことを、千晶だけが知っている。

神野は皿を洗うのを後回しにして、そのまま千晶を追ってきたのだろう。上着を脱いで、シャツの袖も捲られたままだった。ただでさえあまり見慣れないその格好を、寝室のぼんやりとした灯りの中で見ると、まるで知らない人と一緒にいるような気になった。

「すまない。俺の言葉が足りなかったな」

まだ気持ちが落ち着ききっていない顔を、神野に見られる。情けなさのあまり半泣きになっていたものの、涙はこらえた。それでも、神野は零れた涙を拭《ぬぐ》うように、指先で千晶の頬を撫《な》でた。

何も悪いことをしていない人が謝っている。千晶は完全に布団から出て、ベッドの上で居住まいを正した。

「じ、神野さんは悪くないから。俺が、勝手に勘違いしただけで……」

千晶ひとりが、勝手に舞い上がっていただけだ。飲食店に勤めている千晶は、土日に出勤することが多く、なかなか神野とは休日が重ならない。これまで、一日中ずっと一緒に過ごしたことは、数えるほどしかなかった。だから、そんな時間を作ってくれようとしたのだろう。

その優しさが分かるからこそ、いたたまれなかった。正座して小さくなっている千晶に、さて、と神野が低い声で笑う。

「どんな勘違いをしたのか、聞かせてほしいんだが」

顔を伏せてうつむいたまま聞くその声は、囁《ささや》くようで甘かった。まるで千晶が脳内で何度も繰り返した「今晩はするぞ」という声、そのままだった。明らかに、わざわざ聞かなくても分かっている。

「俺……」

千晶はパジャマの膝《ひざ》のあたりを掴《つか》む。この柔らかいふわふわを脱いでも、神野は、千晶に触れてくれるだろうか。いまでさえ、もう、深くは求められていないのに。

神野の気持ちを疑うわけではない。この人が千晶を想《おも》ってくれていることは、どこにも暗い部分がなくなるほど明るくされた黄金の心が、何よりもよく知っている。けれど、恋人同士には、いろんなかたちがある。

「神野さんが、『今晩するぞ』って言ってくれたんだと思って」

朝から何度も、脳内で神野の声で再生し続けた言葉だった。自分の声で口にしたその台詞《せりふ》は、甘くも色っぽくもない。現実と願望の違いを見せつけられた気分だった。

「嬉しかった。俺としてみて、神野さん、やっぱり、つまらなかったんじゃないかって、ずっと思ってたから」

言うつもりのなかった言葉が、零れるように口をついて出る。千晶にとって、ずっと心にひっかかっている不安だった。そして、もしそれが事実だとしたら。

神野に、無理を強《し》いるつもりはなかった。心をないがしろにするセックスの空しさを、千晶自身がよく知っているからだ。そんなことを神野に求めるくらいなら、自分が我慢した方がずっといいと思う。

「だから、またしたいと思ってくれたんだって早とちりして、すごい喜んじゃって……ごめんなさい」

神野のことが好きだ。だから、少しでも相手の負担になりたくない。千晶は決して、神野がくれる身体の快楽だけがほしいのではない。

何もしなくてもいいから、一緒にいさせてほしい。望むのは、ただそれだけだった。そばで生きることを許してくれるなら、気の進まないことなど、しなくても構わない。

どうしようもなく自分を振り回す欲望を、埋めて見えなくするようなつもりで、千晶は顔を上げた。静かな目をじっと千晶に向けている神野を見る。その眉間に、かすかに皺が寄っていた。

「なぜそれを謝ろうと思うのか、俺には分からないんだが」

「だって、勝手にそんな想像されたら、嫌じゃないですか」

「想像だけで罪になるなら、俺はきみに、どれだけ謝らなければならないことか」

千晶の眼差《まなざ》しを受け止めて、神野はわずかに目を細める。

「きみを抱いてみて、俺がつまらなかっただろうと、そう思ったと言ったな。謝るなら、そちらを取り消してくれないか。明らかな事実誤認だ」

「嫌じゃなかったってことですか」

神野の言葉は、千晶にとっては時々、難解だった。また変な勘違いをしていなければいいのだが、と、おそるおそる確かめる。

「嫌なはずがない。素晴らしかった。とてもよかった」

千晶が間違わずに受け取れるように、という配慮だろうか。子どもに伝えるように易しい言葉で告げられる。それを聞いて、身体中の血が、ざわ、と音を立てて騒ぐ。

「じゃ、じゃあ、なんで……」

よかったのなら、なぜ、もっと欲しがってくれないのか。理由が分からなかった。

神野は千晶の頬に、大きな両手のひらで触れた。まだふたりが一緒にいなかった頃、さよならの挨拶《あいさつ》をするように、別れ際によくそうやって頬に触れられた。

「きみにとっては、あれは、罰のようなものだったんだろう」

「前は、そうだったけど。でも、神野さんとは、違うから……」

千晶にとって、セックスとは痛くて、苦しい目に遭わせてもらうための手段だった。それは確かに、自分が自分を生きることを許してもらうために与えてもらう罰だった。

ずっと、そういうものだと思い続けてきた。それは違うと、神野が教えてくれるまでは。

「大事にしたい、可愛《かわい》がりたいという思いを伝えるためのものだと、きみに知ってもらいたかった。それを分かってもらおうと思って、少し、気が急《せ》いた」

「後悔してるってこと、ですか」

「するわけがない」

頬に触れていた手が両肩に滑り、きゅっと神野の胸に抱かれて、ベッドの上に身体を倒される。それまで正座をしていた足を伸ばすと、爪先《つまさき》まで一気に血が通って、じん、と痺《しび》れた。

「きみに実際に触れてみて、たくさんのことに気付いた。どれだけ粗末に扱われてきたのか、それを、当然だと思い込んできたのか。済んだことに口出しすることはもうできない」

腹は立つが、と言って、神野は額《ひたい》を合わせるほどの距離で千晶の目を見て微笑《ほほえ》んだ。

「きみを大切にしたい。俺はそのことを、俺のやり方で教えたいと思っている。時間をかけて、ゆっくりと」

「も、もう十分……」

教えてもらってます、と続けようとした千晶の言葉は、キスで塞《ふさ》がれた。まだまだ教え足りない、とでも言うように、熱い舌で口をこじ開けられて、丁寧にじっくりと、内側を愛撫《あいぶ》される。

「っ、ふ、ぁ」

千晶は深いキスが、怖いくらい好きだった。上顎《うわあご》を舐《な》め上げられて舌を吸われて、背筋がぞくぞくする。熱い、と思っていることに気付かれているように、神野の手がふわふわのパジャマの裾《すそ》をたくし上げる。痩《や》せた胸が剝《む》き出しにされて、ひんやりと冷えた空気に触れた。大きくてあたたかい手のひらで撫でられて、寒さのせいではなく、身体が震えた。

「ひ……」

「ここも、ずいぶん感じるようになった」

合わされていた唇《くちびる》を離される。ここ、と言いながら神野が指先で触れるのは、千晶の平らな胸だった。少し前までは存在を意識することもほとんどなかった乳首も、いまは、軽く撫でられただけで身体が跳ねる。やわらかい膨らみがあるわけでもない平たい男の胸に触って楽しいのだろうか、と思う千晶に、神野は幼い官能をじっくりと育て上げるように、丁寧に毎夜、触れていった。

「あ、や、嚙《か》まない、で」

些細《ささい》な刺激で固くなるようになってしまった胸の粒を、神野の口に含まれる。濡れた舌で転がされるように舐められて、甘嚙みするように歯を立てられた。手も触れられていない下腹が、それだけでかっと熱くなる。

「あ、あ……」

組み敷いた千晶の身体が自分の与えた刺激で跳ねるのを楽しむように、神野は舌と歯と、手を使ってゆっくりと愛撫を続ける。じわじわと身体を炙《あぶ》るようなゆるやかな快感を絶え間なく与え続けられて、おかしくなりそうだった。無意識のうちに、千晶は自分の指を嚙んでいた。

「千晶」

それを、神野に取り上げられる。空になった口に、そのまま、神野の指を含まされた。大きくて筋張った男らしい指を、二本、三本と増やされる。指の腹で舌を撫でられ、狭い口内を犯されているようだった。

「……っ！」

目に涙が浮かぶ。がくがくと腰が揺れて、止められなかった。口の中を神野の指でいっぱいに満たされて、がり、とそれまでより少し強く、乳首を噛まれる。

「う、ぁ、あ、ああ……！」

神野に組み敷かれたまま、千晶は身体を大きく震わせた。下着の中で、昂《たか》ぶっていたものが、触れられもしないまま達して濡れる。

「……もうすぐ、ここだけでいけるようになる」

いまはまだ、口の中の方が弱いみたいだな、と低く呟いて、最後にもう一度舌で舐め上げたあと、神野は千晶の胸から顔を上げた。

「まだ教え足りない。まだまだ、もっと……」

囁くように言って、強すぎる刺激にあふれて零れた千晶の涙を、指でそっと拭う。神野はどこまでも深く満たされた、とても優しい、穏やかな表情をしていた。

力の入らない身体を抱きかかえられるようにして、千晶はそのまま、神野とともにもう一度風呂に入ることになった。泡を立てて全身を洗われ、拭われ、また別の白いふわふわパジャマにくるまれる。これを脱いだら触れてもらえなくなるかもしれない、という不安は、心のどこにも見つからなくなっていた。

「神野さんは、我慢できるんですか」

千晶に「教える」ばかりで、神野は物足りなくならないのだろうか。ベッドに戻って、ぬいぐるみのように神野の腕に抱かれて、そう尋ねる。

「……きみが未成年の間はな」

最初の一回は、特別ということにしておいてほしい。苦笑いするように言われ、千晶は驚いた。そんなことを意識しているのだとは、考えたこともなかった。

「俺はこれでも、ご両親からきみを預かっているつもりだ。だから、それまでは耐える」

「じゃあ、二十歳《はたち》になったら」

「ああ。どこか景色のいいホテルに部屋を借りて、そこでお祝いしよう。海外でもいい」

どうやら神野の中で、すでに計画が立てられているようだった。きっとホテルというのも、高級と名の付く、千晶が行ったこともないようなところなのだろう。海外に至っては、想像すらつかない。

「日付が変わった瞬間に、シャンパンで乾杯をする。そのあとは」

そこで神野は一旦、言葉を止めた。腕の中にいる千晶にじっと眼差しが注がれる。まるで、その時が来るのが待ち遠しくてたまらない、とでも言うような目だった。

「……そ、そのあとは？」

「一日中、どこにも行かずにずっときみを抱く。朝から晩まで、ずっと」

ひ、と、千晶は思わず変な声を出してしまった。それがおかしかったのか、神野は小さく声を立てて笑った。まだ先の話だ、と言いながら、きゅっと千晶を胸に抱く。

千晶が成人するまで、あと一年ほどだ。つまりそれまで、いまのような夜が続くということなのだろうか。

（お、俺、大丈夫かな……）

自分が心配になる。今夜はするかも、と、たった一日の間でさえ、あんなにそわそわして悶々《もんもん》とした時間を過ごしたのに。それが、誕生日までずっと続くのだ。その日が来るまで、神野にじっくり、まだ知らないことを教えられながら。

「楽しみだ」

神野が囁くように言う。千晶も、同じ気持ちだった。

「神野さん、俺、お祝いしてくれるなら、ホテルじゃなくてあの店がいい」

神野の経営している店で、千晶のアルバイト先。そこの赤い個室で、またふたりで向き合って、食事をしたい。海外も、景色のいいホテルも、必要なかった。

「そこで、ノンアルコールじゃないサングリアを一緒に飲みたいです」

腕の中で、愛《いと》しい人を見上げて提案する。そうか、と、神野も頷いた。

「ではそのあとは、この部屋で朝から晩まできみを抱こう」

淡々とした静かな声で言われる。千晶を見る目は、千晶にしか分からない温度で、そこに潜む神野の情熱を確かに伝えていた。

（あ、そこは変わらないんだ……）

くすぐったい気持ちで、はい、と笑う。その日が来るのが、楽しみだった。それまでの一日一日を、この人と一緒に重ねていけることが嬉しかった。

「明日はどこへ行きたい、千晶」

どこにでも、と返事をしようとしたのに、心地よい眠気に襲われて、はっきりと声にならなかった。神野と一緒なら、どこへでも行きたい。

おやすみ、と笑い混じりの声で囁かれ、安心して目を閉じる。心にあふれた黄金の光は、いまでも、千晶の見るものすべてをきらきらと輝かせていた。

千晶のすべてを明るく照らし、かけがえのない存在だと伝えてくれる大きくてあたたかい手があれば、どこにでも行けると、そう思った。

あとがき

こんにちは、中庭みかなと申します。ルチル文庫さんにははじめてお邪魔させていただきます。

この度は「黄金のひとふれ」をお手にとってくださり、ありがとうございます。

お会いできて、とても嬉しいです。


ルチル文庫さんには、長年、ひとりの読者としてとてもお世話になっていました。好きなお話も、好きな作家さんもたくさんで名前をあげきれないほどです。

そこに、自分もひっそりと加えていただけることが、いまでもまだ信じられないほどです。

生きているとこんなにすごいこともあるんだな、と驚いて、喜びでいっぱいになりながらこのお話を書きました。そんなハッピー感全開なお話にはならなかったかもしれないですが……。

読んでくださる方にも、少しでも楽しんでいただければ幸いです。


イラストは、あこがれのテクノサマタ先生が手掛けてくださいました。

まだBL小説というものに出会って間もない頃、自分がどんなものが好きなのかもまだ分からなかった私にとって、テクノ先生が描かれた表紙は「ここに素敵なお話があるよ」と教えてくれる、宝物を見つける手掛かりでした。先生の絵とお名前をきっかけに、いくつも新しく好きになる本に出会うことができました。

この本を、自分の書いたものだと知らない、過去の私の前にそっと差し出してみたいです。表紙を目にしたその瞬間、ぱっと顔を輝かせて嬉しそうに手に取る姿が目に浮かぶようで、とても幸せです。お忙しいところ、ほんとうにありがとうございます。

編集部や出版社の方々をはじめ、かかわってくださったすべての方にお礼申し上げます。担当さまには、作品に関することだけでなく、ものを書いていくということ全般についても、とてもお優しい励ましのお言葉をいただき、心から感謝しています。

サイトやSNSを通してお声をかけてくださる方にも、ありがとうございます。いつもたくさん元気をいただいています。

これからも自分なりに頑張って、自分らしく書き続けていけたらと思っていますので、また、どこかでお目にかかれたら嬉しいです。

ありがとうございました。

中庭みかな

✦初出　黄金のひとふれ……………書き下ろし
フローレス…………………書き下ろし
その日までの………………書き下ろし

中庭みかな先生、テクノサマタ先生へのお便り、本作品に関するご意見、ご感想などは
〒151-0051 東京都渋谷区千駄ヶ谷 4-9-7
幻冬舎コミックス　ルチル文庫「黄金のひとふれ」係まで。

幻冬舎ルチル文庫

黄金のひとふれ

2016年7月20日　第1刷発行

✦著者　中庭みかな　なかにわ みかな

✦発行人　石原正康

✦発行元　株式会社 幻冬舎コミックス
〒151-0051 東京都渋谷区千駄ヶ谷 4-9-7
電話 03(5411)6431 [編集]

✦発売元　株式会社 幻冬舎
〒151-0051 東京都渋谷区千駄ヶ谷 4-9-7
電話 03(5411)6222 [営業]
振替 00120-8-767643

✦印刷・製本所　中央精版印刷株式会社

✦検印廃止

ISBN978-4-344-83751-5　C0193　Printed in Japan

幻冬舎コミックスホームページ　http://www.gentosha-comics.net